KB078591

FUSION FANTASTIC STORY
월문선 장편 소설

# 화려한 귀환 6

월문선 장편 소설

초판 1쇄 찍은 날 § 2014년 7월 22일
초판 1쇄 펴낸 날 § 2014년 7월 28일

지은이 § 월문선
펴낸이 § 서경석

편집부장 § 권태완
편집책임 § 이효남
디자인 § 이거일

펴낸곳 § 도서출판 청어람
등록번호 § 제387-1999-000006호
등록일자 § 1999. 5. 31
어람번호 § 제1-1902호

주소 § 경기도 부천시 원미구 부일로 483번길 40 서경B/D 3F (우) 420-822
전화 § 032-656-4452  팩스 § 032-656-4453
http://www.chungeoram.com
E-mail § chungeorambook@daum.net

ISBN 979-11-316-9130-4 04810
ISBN 978-89-251-3687-5 (세트)

# 화려한 귀환

6

FUSION FANTASTIC STORY

월문선 장편 소설

도서출판
청어람

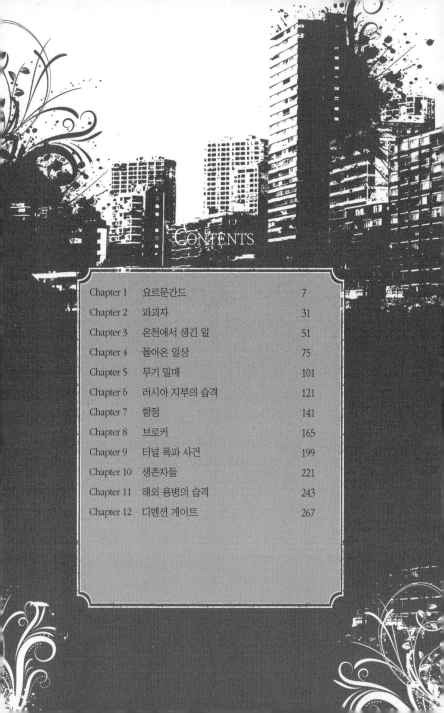

# CONTENTS

제 1 장
요르문간드

공간에 유유히 떠 있는 정체불명의 하얀 뱀.

'지성이 있는 존재다.'

현성은 긴장된 눈빛으로 하얀 뱀을 바라봤다.

이케다 신겐이 잡아먹히기 전, 하얀 뱀은 텔레파시 같은 걸로 자신의 의사를 밝혔다.

지성이 있다는 증거였다.

―나와 함께 있던 검은 뱀 녀석은 어디로 갔지?

또다시 머릿속에서 들려오는 목소리에 현성은 놀란 표정을 지었다.

하지만 이내 표정을 굳히며 입을 열었다.

"역시 텔레파시로군. 대체 정체가 뭐지?"

현성은 만일의 사태에 대비해 체내에 있는 마나 서클을 회전시키며 하얀 뱀을 주시했다.

─인간. 묻는 말에 대답해라.

"그 녀석이라면 내가 쓰러뜨렸다."

─뭐? 정말인가?

현성의 말에 하얀 뱀은 놀란 기색을 보였다. 그리고 현성의 주변을 맴돌며 이리저리 뜯어보기 시작했다.

─아무래도 거짓말은 아닌 거 같군.

하얀 뱀은 흥미로운 표정으로 현성을 바라봤다.

─8서클 마스터라면 그 녀석을 쓰러뜨릴 수 있을 테니까.

"그걸 어떻게……?"

하얀 뱀의 목소리에 현성은 놀란 표정을 지었다. 자신의 실력을 단번에 꿰뚫어 봤기 때문이다.

─그나저나 놀랍군. 고대의 전쟁으로 마법과 마나가 사라진 시대에 그대와 같은 대마법사가 있다니 말이야.

"넌 정체가 뭐지?"

현성은 날카로운 눈빛으로 하얀 뱀을 노려봤다.

눈앞에 있는 하얀 뱀은 단번에 자신의 실력을 꿰뚫어 봤다.

그것만으로도 결코 만만한 상대가 아니라는 사실을 알 수 있었다.

현성은 하얀 뱀을 노려보며 경계를 눈초리를 늦추지 않

았다.

―인간들은 나를 요르문간드라고 부르더군.

"요르문간드? 설마 켈트 신화에 등장하는 그 뱀을 말하는 건가!"

이케다 신겐이 자신만만하게 눈앞에 있는 하얀 뱀을 야마타노오로치라고 말할 때, 현성은 요르문간드가 아닐까 생각했었다. 그런데 자신의 생각이 정말 맞았을 줄이야!

―정확히는 분신이다.

요르문간드는 정정했다.

하지만 결국 자신이 요르문간드라고 현성에게 확인시켜 주었을 따름이었다.

"그 말을 어떻게 믿지?"

―믿든지 말든지 그것은 그대의 자유. 하지만 그대가 걱정해야 할 일은 달리 있을 텐데?

요르문간드는 하얀 독니를 드러내며 웃었다.

우우우우웅!

그 직후 요르문간드로부터 무시 못 할 기운이 흘러나오기 시작했다.

"으음."

마치 수면의 물결처럼 공간을 진동시키며 퍼져 나오는 요르문간드의 기운에 현성은 침음성을 삼켰다.

요르문간드로부터 흘러나오는 기운은 8서클 마스터인 현

성을 위협하기에 충분했다.

그리고 요르문간드의 이야기가 사실인지 아니면 거짓인지까지도.

"정말 신화시대의 뱀이란 말인가⋯⋯."

현성은 멍한 목소리로 중얼거리며 요르문간드를 바라봤다.

'고작 분신이 이 정도의 힘이라면 본체는 대체⋯⋯?'

켈트 신화에 등장하는 요르문간드의 크기는 지금 현성의 눈앞에 있는 하얀 뱀에 비해 어마어마하게 크다. 신화에 의하면 세계를 감쌀 정도로 거대하다고 나오니 말이다.

문제는 그뿐만이 아니다.

만약 눈앞에 있는 하얀 뱀이 정말 요르문간드라면 문제는 걷잡을 수 없이 커진다.

요르문간드가 실재한다면, 북유럽 켈트 신화에 등장하는 신들도 실재한다는 소리니까.

─이제 내 말을 믿는 눈치로군.

요르문간드는 소리 없이 웃었다.

그리고 요르문간드로부터 어마어마하게 내뿜어지던 기세가 거짓말처럼 사라졌다.

정확히는 사라졌다기보다 체내로 갈무리 된 상태였다.

지금 요르문간드의 기운은 금방이라도 폭발할 것처럼 팽팽하게 당겨진 활시위와도 같았다.

그런 요르문간드를 바라보는 현성의 머릿속은 복잡했다.

'고대 시대에 정말 신들이 이 세계에 존재하고 있었다는 건가?'

신화시대를 뒷받침하는 오파츠, 즉 아티팩트들이 세계각지에서 발굴되고 있기는 했다.

그 때문에 마법 협회나 일부 학자들은 고대 시대나 신화 속의 신들에 대해 막연한 추측을 하고 있을 뿐이었다.

하지만 지금 현성의 눈앞에 신화시대의 산 증거가 나타났다.

요르문간드라고 밝힌 하얀 뱀은 틀림없이 신화시대의 한 축을 지탱하던 존재일 터.

이케다 신겐이 그토록 원하던 신들의 세계에 지금 현성은 한걸음 다가서 있는 상황이라고 할 수 있었다.

"한 가지만 더 물어보지."

―뭔가?

"어째서 이케다 신겐을 죽인 건가?"

그 질문에 요르문간드는 하얀 독니를 드러내보였다.

―이 몸을 오로치 같은 히드라 몬스터 따위와 같은 취급을 하고 있었으니까.

"과연."

현성은 고개를 끄덕였다.

그리고 마나 서클을 회전시키며 요르문간드의 앞에 섰다.

눈앞에 있는 하얀 뱀은 자신의 마음에 들지 않는다는 이유로 인간을 잡아먹는 존재였다.

필시 인류에게 크나큰 위협이 될 것이다.

적어도 지금 현성은 그렇게 생각했다.

하얀 뱀의 마지막 한마디를 듣기 전까지는.

—이케다 신겐이라는 노인은 백 번 죽어 마땅하다. 그는 인간의 도리를 넘어섰으니까.

"뭐? 그게 무슨……?"

요르문간드의 텔레파시에 현성은 의아한 표정으로 반문했다.

—그보다 준비해라.

하지만 현성에게 돌아온 것은 밑도 끝도 없는 한마디였다.

뜬금없는 요르문간드의 텔레파시에 현성은 의아한 표정을 지었다.

그 순간,

키이이이이잉!

어디선가 기계음이 돌아가는 소리가 들려오는 게 아닌가?

현성은 고개를 돌리며 소리가 들려온 것을 바라봤다.

"블랙링!"

그곳에 직경 5미터 크기의 블랙링이 진동을 일으키며 회전하고 있었다.

"저건 대체……."

—녀석들이 온다.

"녀석들이라니?"

—나와 함께 봉인되어 있던 동류 말이다.

"동류라니? 설마!"

요르문간드의 말을 이해한 현성은 놀란 눈으로 블랙링을 바라봤다.

슈욱! 쾅!

순간 블랙링으로부터 거대한 검은색 물체가 굉음을 내며 떨어져 내렸다.

그것을 본 현성은 놀란 목소리로 소리쳤다.

"팬텀!"

블랙링을 통해서 등장한 것은 다름 아닌 정체불명의 생체 병기, 팬텀이었다.

형태는 환상의 섬에서 본 팬텀과 동일했다.

—이케다 신겐이라고 했던가? 그 늙은이 터무니없는 것을 주웠군. 하필이면 블랙링을 봉인하고 있던 라크슈나를 주웠을 줄이야.

옆에서 혀를 차고 있는 듯한 요르문간드의 텔레파시가 현성의 머릿속에서 들렸다.

"내가 상대했던 신의 병기 말인가."

—그렇다. 그 늙은이는 아카츠키인가 뭔가 하는 이상한 이름으로 부른 모양이지만, 정식 명칭은 라크슈나지.

"……."

요르문간드의 이야기를 듣던 현성은 의아한 눈빛을 띠웠다.

"그런 사실들을 어떻게 알고 있는 거지? 이케다 신겐이 석판에서 꺼내기 전까지 봉인되어 있던 게 아닌가?"

─말했을 거다. 나는 분신이라고. 마법 협회 일본 지부가 해오던 일 정도는 전부 알고 있지.

요르문간드는 하얀 독니를 드러냈다.

"그렇군. 그래서 이케다 신겐을……."

현성은 요르문간드가 이케다 신겐을 살해한 이유를 알아차렸다. 또한, 한 가지 사실도 알 수 있었다.

'방심할 수 없는 존재로군.'

무슨 방법인지는 모르겠지만, 아무래도 요르문간드는 마법 협회 일본 지부에서 있었던 일들을 전부 알고 있는 모양이었다.

쿠웅!

그때 팬텀이 네 다리를 쭉 펴며 자리에서 일어섰다.

그리고 두 개의 붉은 눈이 이리저리 움직이며 주변을 스캔하기 시작했다.

잠시 후, 팬텀의 붉은 눈은 현성과 요르문간드를 향해 고정되었다.

철컥철컥!

"쯧."

현성은 팬텀의 양어깨에서 솟아오르는 생체기관을 바라보며 혀를 찼다.

그러는 와중에 팬텀의 양 어깨에서는 붉은색 빛 입자가 급속도로 집속되고 있었다.

번쩍! 슈아아아아아아악!

눈 깜짝할 사이에 붉은빛이 대기 중의 수분과 먼지들을 태우며 현성과 요르문간드를 향해 쇄도했다.

키야아아아!

순간 요르문간드가 입을 크게 벌리며 붉은빛을 향해 몸을 날렸다. 붉은빛은 요르문간드의 입속으로 빨려 들어가듯이 사라졌다.

"허… 저걸 흡수했다고?"

현성은 붉은빛을 먹고 배가 부른 표정을 짓고 있는 요르문간드를 기가 막힌 얼굴로 바라봤다.

하지만 아직 요르문간드의 기행은 끝나지 않았다.

쩌억.

요르문간드는 팬텀을 향해 다시 입을 벌렸다.

그러자 요르문간드의 입 안에서 푸른빛이 생성되기 시작하는 게 아닌가?

투학!

얼마 지나지 않아 요르문간드의 입에서 푸른빛 구체가 쏘아져 나갔다.

팬텀은 푸른빛 구체에 맞서 붉은 배리어를 펼쳐 힘겨루기에 들어갔다.

츠츠츠츳!

붉고 푸른 스파크가 공간을 수놓는다.

하지만 그것도 잠시,

챙강!

팬텀의 붉은 배리어는 속절없이 깨져 나갔다.

콰아아아앙!

뒤이어 푸른빛 구체는 폭발을 일으키며 팬텀을 집어삼켰다.

"꽤 하는군."

잠시 후, 폭염과 폭연이 사라지고 조금 전까지 팬텀이 있던 자리를 본 현성은 신음성을 삼켰다.

그곳에는 거대한 크레이터가 남아 있을 뿐, 아무것도 없었다. 푸른빛 구체의 폭발에 팬텀이 흔적도 없이 사라진 것이다.

─방금 전 녀석은 정찰대다. 고작해야 트루퍼(Trooper) 급에 지나지 않지.

"투르퍼급?"

─팬텀 중에서도 하급인 녀석이다.

"그게 하급이라고?"

요르문간드의 텔레파시에 현성은 어이없는 표정을 지었다.

자신이 상대해온 팬텀들이 얼마나 강했던가?

적어도 4서클 이상의 공격을 퍼붓거나, 대전차 미사일을 퍼부어야 겨우 팬텀 배리어를 없앨 수 있을 것이다.

그런데 그것이 고작 하급이었다니?

"대체 팬텀이란 무엇이지?"

―알고 싶나?

요르문간드는 가늘게 뜬 눈으로 소리 없이 웃으며 현성을 바라봤다.

"알고 있는 게 있다면 이야기 해주었으면 좋겠군."

현성은 요르문간드에게 한수 접어주며 고개를 숙였다.

아직 요르문간드가 인류의 적인지, 아닌지 알 수 없는 상황.

한 가지 알 수 있는 사실은 요르문간드를 적대하게 되면 상당히 골치 아파진다는 점이었다.

그리고 무엇보다 요르문간드는 중요한 정보를 쥐고 있었다.

현성이 대한 신의 병기에 대해서도 알고 있었고, 블랙링이나 팬텀에 대해서도 알고 있는 것처럼 보였으니까.

현성은 날카롭게 눈을 빛내며 입을 열었다.

"팬텀이라는 병기를 만들어낸 자들에 대해서."

―재미있군. 거기까지 알아낸 건가?

요르문간드는 흥미로운 표정으로 현성을 바라봤다.

마법과 마나가 거의 사라진 시대에 8서클 대마법사 계열에 오른 인물. 거기다 아직 스무 살도 되어 보이지 않는다.

저 나이에 8서클을 마스터했다는 사실이 신기했다.

신화시대의 인간들도 이루지 못한 업적이었으니 말이다.

―그대의 말대로 팬텀은 병기다. 신들의 적이 만들어낸.

"신들의 적? 악마나 마족들을 말하는 건가?"

―아니다.

"아니라고?

현성은 의아한 표정을 지었다.

신들의 적이라면, 악마나 마족 이외에 어떤 존재가 있단 말인가?

―적들은 다른 우주에서 왔다. 생명의 기원이 전혀 다른 존재들이지.

"뭐라고?"

요르문간드의 이야기에 현성은 놀라지 않을 수 없었다.

다른 우주에서 온 존재라니?

대체 이게 무슨 말이란 말인가?

―아득히 먼 과거에 그들은 상상할 수 없는 과학력으로 차원을 넘어 우리들의 세계에 찾아왔다. 그게 끝이 없는 전쟁의 시작이었지.

"고대에 있었던 전쟁을 말하는 건가?"

—그렇다. 이 세계에 존재하는 모든 생명체들은 그들에게 대항해 싸웠다. 신, 천사, 악마, 인류, 엘프, 드워프 할 것 없이 모든 종족들이 그들에게 대항했지. 그 결과 문명은 파괴되었고, 대자연의 기운인 마나도 미약해졌다. 그리고 신들을 비롯한 각 종족들은 이 세계에서 자취를 감췄지.

"그들은 대체 어디에……?"

—이 세계와는 다른 세계로.

"……."

요르문간드의 이야기를 들으며 현성은 침묵했다.

도저히 믿기지 않는 사실이었기 때문이다.

요르문간드의 이야기에 의하면 각 국가의 신화에 등장하는 신들을 비롯한, 엘프나 드워프 같은 종족들도 실재로 존재하고 있었다는 말이 아닌가?

"그렇다면 팬텀이란 건……."

—고대의 전쟁에서 다른 우주에서 온 존재들이 만들어낸 전쟁 병기다. 그리고 신들 측에서도 팬텀에 대항하기 위해 병기를 만들어냈지. 그게 그대가 상대했던 라크슈나나, 이 시대의 신화 속에서 등장하는 신들의 무기들이다.

"그런 바보 같은 일이……."

—전쟁이란 건 다 그런 것 아니겠나.

요르문간드는 쓸쓸한 어조로 현성에게 텔레파시를 보냈다.

—그리고 우리들은 그 대전을 라그나로크라고 부르고 있지.

"뭐라고?"

현성은 놀란 얼굴로 고개를 치켜들며 요르문간드를 바라봤다.

라그나로크란 무엇인가?

북유럽 신화에 나오는 신들의 전쟁을 뜻한다.

신들의 황혼이라고 하지만, 사실상 신들의 몰락이라고도 이야기하는 전쟁이었다.

그런데 그 전쟁이 다른 우주에서 온 존재들과의 전쟁이었다니!

"라그나로크는 북유럽 신화에서 신들의 전쟁이라고 나올 뿐이던데……."

—북유럽 신화뿐만이 아니다. 인도의 고대 대서사시 마하바라타에 나오는 전쟁이나, 세계 각지에서 전해져 내려오는 신화 속에 등장하는 신들의 전쟁은 다른 우주에서 온 존재들과 있었던 대전을 전하고 있지.

"그럼 어째서 다른 우주에서 온 존재들에 대한 내용은 빠지고 신들의 전쟁이라고만 전해져 내려오게 된 거지?"

—그건…….

쿵!

순간 바닥이 흔들리며 굉음이 울려 퍼졌다.

다급히 고개를 돌려 바라보니 블랙링을 통해서 팬텀 하나가 떨어져 내려온 모습이 보였다.

—아무래도 이 이상 이야기할 시간은 없을 것 같군.

슈우우욱! 쿵! 쿵! 쿵!

요르문간드의 텔레파시가 끝나기 무섭게 블랙링으로부터 검은 물체들이 쏟아져 내렸다.

그 모습을 본 현성은 혀를 찼다.

"대체 저 블랙링은 뭐지?"

—다른 우주에서 온 자들이 남겨놓은 게이트 장치 같은 것이다. 고대의 대전에서 저것을 통해 우리 세계로 쳐들어왔었지.

"어떻게 할 수 없나?"

—무리다. 저건 이쪽 세계의 공간에 있는 것처럼 보이지만, 실체는 허수공간에 숨겨져 있다. 블랙링이 있는 공간을 동시에 파괴시키지 않는 한 아무런 타격을 가할 수 없지.

"머리 아프군."

—하지만 나는 파괴시킬 수 있지.

"뭐?"

—문제는…….

하얀 독니를 드러내며 한 차례 웃은 요르문간드는 블랙링을 바라봤다.

우우우우웅!

블랙링은 이쪽 공간과 허수공간을 오고가며 고속 진동을 하고 있는 것뿐만이 아니라 커졌다가 작아지기를 반복하고 있었다.

─곧 임계점에 도달하겠군.

"임계점? 그게 무슨 소리지?"

─보고 있으면 알게 될 거다.

요르문간드의 텔레파시에 현성은 의아한 표정으로 블랙링을 바라봤다.

다이나믹한 움직임으로 고속진동을 하고 있는 블랙링.

츠츳!

순간 블랙링이 줄어들더니 한 점에 모였다.

그리고 블랙링을 통해서 소환된 팬텀들도 한 점 속으로 빨려 들어갔다.

"저게 무슨……!"

─온다.

지지직!

팬텀들과 블랙링이 한 점으로 모여 사라진 그곳에 돌연 기둥 하나가 공간을 찢으며 불쑥 나타났다.

찢어진 공간 너머로 거대한 검은 실루엣이 얼핏 보였다.

우오오오오오!

"크윽!"

공간 너머에서 팬텀의 포효 소리가 울려 퍼졌다. 그 소리에 공간이 진동하고, 돔 전체가 진동했다.

좌아악!

순간 검은색 기둥하나가 더 나타나더니 공간을 좌우로 확 잡아 찢었다.

잠시 후, 길이 20미터, 폭 5미터, 높이 5미터에 달하는 거대한 팬텀이 모습을 드러냈다.

전반적으로 단단해 보이는 외갑주를 몸에 두르고 있었으며, 생김새는 딱정벌레의 유충처럼 생겼다.

—전차(Tank)급이군.

옆에서 요르문간드의 신음 섞인 텔레파시가 들려왔다.

"전차급이면 얼마나 강한 거지?"

—트루퍼급보다는 상당히 강한 편이지. 팬텀들 중에서 중급에 속하는 녀석이니까.

"성가시겠군."

—상대해 보면 알겠지만 단순히 성가신 정도가 아니다. 무엇보다 디스트로이어급이 되기 전에 쓰러뜨리지 않으면……

"뭐? 디스트로이어급이라니? 그건 무슨 말이지?"

요르문간드의 텔레파시에 현성은 고개를 치켜들며 반문했다. 하지만 이미 요르문간드는 공중으로 상승하고 있는 중이었다.

돔 형태의 공간 안에서 천장까지 상승한 요르문간드는 딱

정벌레 유충처럼 생긴 전차급 팬텀을 내려다봤다.

키야아아아!

요르문간드는 입을 쩍 벌렸다.

그러자 입 앞에서 푸른빛이 모여들기 시작했다.

슈아아아악!

임계점에 다다른 푸른 구체에서 두터운 빛줄기가 공기 중의 수분을 증발시키며 팬텀을 향해 내리꽂혔다.

콰아아아아앙!

어마어마한 폭발.

솟구치는 폭염과 파편들은 현성이 배리어 마법을 펼쳐 막아야 될 정도로 위력적이었다.

하지만 폭염과 먼지들이 걷히고 나타난 팬텀은 타격을 받은 것처럼 보이지 않았다.

그리고 팬텀의 주위에는 붉은색 배리어가 둘러쳐져 있었다.

─디스토션 필드인가.

요르문간드는 혀를 찼다.

"디스토션 필드? 저 붉은색 배리어를 말하는 건가?"

─그렇다. 전차급 팬텀이 발생하는 강력한 왜곡장이지. 투르퍼급과는 비교도 되지 않는 강도를 가지고 있다.

디스토션 필드(Distortion Field).

현성이 알고 있는 붉은색 배리어의 정식 명칭인 모양이

었다.

"그럼 저걸 날려버리면 된다 이거지?"

블랙링의 뒤를 쫓으면서 한차례 장갑형태로 되돌렸던 칠흑의 마창이 어느 틈엔가 현성의 손에 들려 있었다.

현성은 눈앞에 있는 거대한 팬텀을 노려보며 칠흑의 마창을 겨눴다. 그리고 여덟 개의 마나서클을 돌리며 칠흑의 마창에 마나를 주입하기 시작했다.

우우웅!

그러자 마나서클과 칠흑의 마창은 서로 공진하며 현성을 중심으로 충격파를 발생시켰다.

그리고 이미 현성은 레이포스를 활성화시키고, 자신의 몸에 온갖 보조 마법을 시전한 상태였다.

그 상태로 현성은 팬텀을 향해 한줄기 빛처럼 날아들었다.

"슈바르츠 블레쳐(Schwarze Brecher:칠흑의 파괴자)!"

디스토션 필드를 꿰뚫기 위해 초고속 진동을 하며 다가오는 일격필살의 마창.

그것을 바라보던 팬텀의 눈이 돌연 붉게 빛났다.

슈슈슈슉!

순간 팬텀의 몸에서 화살처럼 생긴 것들이 무수히 날아들었다.

"큭!"

워낙에 갑작스럽게 일어난 일이라 현성은 팬텀을 향해 돌진하던 속도를 줄이고 뒤로 공중제비를 돌며 물러났다.

파바바박!

현성이 지나간 자리에 한 템포 늦게 화살처럼 생긴 기둥들이 주르륵 박혔다. 그리고 이내 그것들은 하얀빛을 번쩍이며 화려하게 폭발했다.

쾅! 콰쾅! 쿠콰콰쾅!

폭발은 좀처럼 끝나지 않았다.

그만큼 팬텀의 몸에서 쏘아져 나온 화살 같은 물체들이 많았던 것이다.

"……."

그 장면을 본 현성은 모골이 송연해졌다.

만약 무턱대고 돌진했다면 어떻게 되었을까?

방어 마법으로 막을 수는 있을 테지만, 어느 정도 타격을 받지 않을 수 없었을 것이다.

—생체 미사일이군. 하나하나의 폭발력은 그리 크진 않지만 숫자가 만만치 않지.

"정말 성가시군."

머릿속에서 울려 퍼지는 요르문간드의 텔레파시를 들으며 현성은 눈살을 찌푸렸다.

조금 전 현성은 일부러 정면이 아니라 측면에서 돌격했다.

그런데 어처구니없게도 생체 미사일 때문에 돌격을 저지당했던 것이다.

─저 녀석의 능력은 아직 이 정도가 아니다. 빨리 쓰러뜨리지 않으면 진짜 성가신 일이 일어난다고 내가 보증하지.

"그럼……."

현성은 눈앞에 있는 팬텀을 노려봤다.

돌격이 안 된다면 다른 방법을 쓰면 될 터.

"블링크(Blink)."

순간 현성의 모습이 사라졌다.

그리고 얼마 지나지 않아 팬텀의 근처에서 모습을 드러냈다.

슈슈슉!

갑작스러운 일이었지만 팬텀은 즉각적으로 반응했다.

조금 전 현성의 돌격을 막았던 생체 미사일들이 다시 쏟아져 나왔던 것이다.

"블링크(Blink)!"

하지만 현성은 이내 단거리 공간 이동 마법을 시전하며 자신을 향해 비처럼 쏟아져 내리는 생체 미사일들을 간단히 피해버렸다.

파바박! 콰콰쾅!

뒤늦게 현성이 사라진 자리에 생체 미사일들이 꽂혀들며 폭발이 일어났다.

그러나 이미 현성은 팬텀의 왼쪽 측면 지근거리에서 모습을 드러내고 있었다.

슈아악!

그 순간 팬텀의 몸에서 붉은빛들이 현성을 향해 쏟아져들었다. 공간이동이 끝나자마자 바로 들어온 기습과도 공격이었다.

빛의 속도와 같은 갑작스러운 기습에 현성은 어떤 대응을 할 것인가?

콰콰쾅!

하지만 붉은빛들은 현성이 무슨 반응을 보이기도 전에 무자비하게 할퀴고 지나가며 폭발을 일으켰다.

남은 건, 치솟아오르는 폭염과 폭연뿐.

제 2 장
파괴자

"슈바르츠 블레처(Schwarze Brecher: 칠흑의 파괴자)!"

쾅! 츠츠츳!

돌연 굉음과 함께 팬텀의 몸 주위로 디스토션 필드가 생성되었다.

갑작스러운 공격에 자동적으로 반응한 것이다.

"역시 간단히 뚫을 수 없나?"

지금 현성은 팬텀의 오른쪽 측면에서 칠흑의 마창을 찔러넣고 있었다.

조금 전 팬텀의 왼쪽 측면에 나타났던 현성은 일루전 마법으로 만든 가짜 환영이었다.

그곳에 팬텀의 신경이 집중된 사이 현성은 반대쪽에서 일격을 가한 것이다.

운이 좋다면 팬텀이 디스토션 필드를 발생시키기 전에 일격을 먹일 수 있을 거라 생각했다.

하지만 유감스럽게도 디스토션 필드는 공격에 자동적으로 방어하는 시스템이 있는 모양이었다.

우오오오오!

초진동을 일으키며 디스토션 필드를 꿰뚫기 위해 안간힘을 쓰고 있는 현성의 귀에 팬텀이 울부짖는 소리가 들려왔다.

슈슈슈슝!

그리고 팬텀의 등 부분에서 생체 미사일들이 솟구쳐 올라왔다.

—내게 맡겨라.

그것을 본 요르문간드가 움직였다.

요르문간드의 전신에서 하얀빛이 새어나오더니 날카로운 충격파가 생겨났다.

슈카카칵! 콰아아아앙!

공중에서 충격파에 두 조각이 난 생체 미사일들은 연달아 폭발했다.

"크윽!"

다행히 요르문간드가 생체 미사일들을 제거했지만, 아직 현성은 디스토션 필드를 제거하지 못하고 있었다.

'이게 전차급이라는 건가?'

확실히 투르퍼급과는 내구도가 달랐다.

8서클 마나를 쏟아 부은 슈바르츠 블레쳐 일격에 지금쯤이면 디스토션 필드가 날아가 있을 테니까.

―조심해라! 솔져(Soldier)급 팬텀이 그쪽으로 가고 있다.

그때 요르문간드로부터 다급한 텔레파시가 전해져왔다.

"솔져급?"

현성은 의아한 표정으로 공중에 떠 있는 요르문간드를 올려다봤다.

그 순간,

기기긱.

소름이 끼칠 것 같은 기분 나쁜 소리가 현성의 귓가에 들려왔다.

소리가 들려온 곳은 팬텀의 등 위였다.

현성은 팬텀의 등위를 올려다봤다.

그리고 그곳에 수많은 붉은 눈들이 빛나고 있는 모습을 볼 수 있었다.

"저게 솔져급?"

수도 없이 많은 숫자에 현성은 혀를 내둘렀다.

키이익!

돌연 솔져급 팬텀들이 현성을 향해 뛰어내리기 시작했다.

"큭!"

한꺼번에 쏟아져 내리는 솔져급 팬텀들의 패기에 현성은 황급히 물러났다.

다각다각.

떨어져 내린 솔져급들의 크기는 지금까지 현성이 본 팬텀들 중에서 가장 작았다.

길이가 2미터, 폭이 0.3미터, 그리고 높이가 0.5미터밖에 하지 않았기 때문이다.

다만, 생김새는 다양한 편이었다.

그렇다고는 해도 전부 곤충을 닮아 있지만.

솔져급 팬텀들은 마치 지구상의 곤충들을 거대화 시켜놓은 것처럼 보였다.

"어마어마한 숫자로군."

솔져급 팬텀들을 바라보며 현성은 혀를 내둘렀다.

솔져급 팬텀들은 크기가 작은 만큼 그 숫자가 무시하지 못할 정도로 많았다.

지금 현성의 눈에 보이는 것만 해도 족히 수백 마리는 넘어 보였으니까.

대체 어디서 이만한 숫자의 팬텀들이 나타났는지 직접 눈으로 보고도 믿기지 않을 정도였다.

─전차급은 내부에 수백 개의 알을 품고 있다. 시간이 지나면 저렇게 알을 부화시켜서 솔져급 팬텀들을 풀어놓지.

"갈수록 태산이로군."

—문제는 그것뿐만이 아니다. 솔져급 팬텀들이 부화되었다는 건 곧 그만큼 디스트로이어급이 될 시간이 임박해졌음을 의미니까. 솔져급은 시간 벌기용에 지나지 않아.

"디스트로이어급이 되면 위험한가?"

—…….

현성의 질문에 요르문간드는 침묵했다.

—이곳에서 처리하지 못한다면 일본은 지구상에서 사라진다고 봐야 할 거다.

"……."

잠깐의 침묵 끝에 대답한 요르문간드의 텔레파시에 현성은 할 말을 잃었다.

"어떻게든 빨리 손을 써야겠군."

—동감이다.

요르문간드와 현성은 눈앞에 있는 팬텀들을 노려봤다.

*       *       *

요르문간드와 현성이 솔져급 팬텀들을 처리하고 있는 사이, 전차급 팬텀은 조용히 침묵하며 주변에 존재하는 기운을 끌어모으고 있었다.

가끔 현성의 대규모 광역 마법이 전차급 팬텀을 공격할 때도 있었지만, 그때마다 번번이 디스토션 필드에 막혀 사라졌다.

하지만 그러한 공격은 전차급 팬텀에게 있어서 오히려 고마운 일이었다.

현성이 광역 마법을 사용할 때나, 요르문간드가 하얀빛을 내며 공격을 가해 올 때마다 대규모의 에너지가 전차급 팬텀에게 흡수되고 있었으니까.

그 사실을 요르문간드는 모르고 있었다.

왜냐하면 라그나로크 대전 때에는 없었던 전차급 팬텀의 능력이었기 때문이다.

그 때문에 요르문간드는 오판하고 있었다.

전차급 팬텀이 언제 디스트로이어급으로 진화하는지를.

우오오오오오옹!

요르문간드의 예측보다 더 빨리 진화에 필요한 에너지를 모은 전차급 팬텀은 공간을 진동시키는 포효를 길게 내뱉었다.

*       *       *

"큭! 뭐, 뭐지?"

한창 솔져급 팬텀들을 처리하던 현성은 갑작스럽게 울려 퍼지는 전차급 팬텀의 포효소리에 눈살을 찌푸렸다.

─이런! 벌써……!

그리고 당혹감 어린 요르문간드의 텔레파시가 현성에게 전해졌다.

현성과 요르문간드는 전차급 팬텀을 바라봤다.

전차급 팬텀의 검고 단단한 외골격에 금이 가기 시작하며, 그 사이로 불길한 검은빛이 뿜어져 나왔다.

―늦어버렸군.

요르문간드는 가늘게 뜬 눈으로 팬텀을 내려다봤다.

전차급 팬텀은 마치 고치처럼 검은빛 구체에 감싸여 있었다. 또한, 전차급 팬텀으로부터 심장박동 같은 소리가 쿵쿵거리며 들려왔다.

"아니, 아직 늦지 않았다!"

지금 전차급 팬텀의 상태가 부화하기 전의 고치 상태로 들어갔다는 사실을 직감적으로 알아차린 현성은 여덟 개의 마나서클을 회전시키며 대규모 마법을 준비했다.

"퓨리 오브 더 헤븐(Fury Of The Heaven)!"

8클래스 전격계 공격 마법.

현성이 마법을 시전하자 돔 형태의 천장에서 푸른색 스파크를 번쩍이고 있는 먹구름들이 모여들었다.

쿠르릉, 번쩍!

순간 먹구름에서 두터운 번개가 전차급 팬텀의 검은빛 고치에 내리꽂혔다.

스으윽.

하지만 허망하게도 푸른빛 번개는 검은빛에 흡수되었다.

고치처럼 뿜어져 나오는 검은빛은 마치 디스토션 필드처럼 공격을 부드럽게 흡수한 것이다.

—무리다. 지금 상태에서는 그 어떤 공격도 흡수되고 말지.

"아직이다. 이제부터가 진짜 시작이지."

요르문간드의 텔레파시에 현성은 입 꼬리를 살짝 말아 올리며 웃었다.

쾅! 콰쾅!

그리고 얼마 지나지 않아 현성의 말대로 본격적인 공격이 시작되었다.

먹구름에서 무수하게 많은 푸른빛 번개들이 연달아 쏟아져 내리기 시작했던 것이다.

마치 소나기가 내리는 것처럼 푸른빛 번개들은 굉음을 토해내며 전차급 팬텀의 검은빛 고치와 그 주변 일대를 무자비하게 두들겼다.

하나하나가 무겁기 짝이 없는 일격들.

아무리 공격을 흡수할 수 있다고 해도 한계가 존재한다. 그 한계치까지 공격을 하다 보면 결국 무너져 내리지 않겠는가?

키에엑!

거기다 퓨리 오브 더 헤븐은 전차급 팬텀의 검은빛 고치뿐만이 아니라 주변에 있던 솔져급 팬텀들에게까지 쏟아져 내렸다. 솔져급 팬텀들은 푸른색 번개에 스치기만 해도 증발되어 사라져 갔다.

하지만…….

"……."

퓨리 오브 더 헤븐으로 생겨난 먼지들이 걷히고, 전차급 팬텀의 드러난 모습을 본 현성은 눈살을 찌푸렸다.

"8서클 마법으로도 상처 하나 입지 않다니……."

전차급 팬텀의 검은빛 고치는 여전히 건재했다.

─역시 무리인가.

현성이 시전한 무시무시한 8서클 마법의 위력에 요르문간드는 내심 기대하고 있었다.

만약 자신이 퓨리 오브 더 헤븐의 공격 대상이 되었다면, 분명 어마어마한 피해를 입었으리라.

하지만 전차급 팬텀의 검은빛 고치를 어찌하기에는 부족한 모양이었다.

쩌저적!

순간 놀라운 일이 일어났다.

고치처럼 뿜어져 나오고 있던 검은빛이 빠른 속도로 경질화되기 시작한 것이다.

일종의 에너지 체였던 검은빛은 고체처럼 굳어져 검은색 막을 형성했다.

─나온다.

요르문간드의 짧막한 한마디.

그와 동시에 검은색 고치에도 변화가 생겼다.

검은색 고치에 금이 쩍 간 것이다.

쩌저적!

한번 생기기 금은 기하급수적으로 늘어났다.

그리고 검은색 고치의 막들이 떨어져나가며 그 속에 있는 무언가가 모습을 드러내기 시작했다.

"설마 저게⋯⋯?"

─결국 진화하고 말았군.

디스트로이어(Destroyer)급 팬텀.

요르문간드와 현성은 긴장한 눈빛으로 디스트로이어급 팬텀을 바라봤다.

검은색 고치 속에서 드러난 팬텀은 거대한 몸을 가졌다.

전차급보다도 훨씬 더 컸다.

대충 어림잡아 길이가 30미터, 폭이 20미터, 높이가 10미터나 되어 보였다.

"유충에서 진화했다고 하기에는 모습이 너무나 다르지 않나?"

전차급에서 디스트로이어급으로 진화한 팬텀의 모습은 판이하게 달랐다.

전차급이었을 때는 마치 딱정벌레의 유충처럼 생겼었는데, 디스트로이어급이 된 지금은 마치 타란튤라처럼 생겼으니까.

─팬텀을 일반 생태계의 생명체라고 생각하지 마라. 저건 인위적으로 만들어낸 전투병기니까. 상황에 맞춰서 자기진화하는 경우가 많지.

"팬텀이 어떤 식으로 진화해 나갈지 예측할 수 없다는 소리로군."

─이런 돔 형태의 밀폐된 공간이 아니라 탁 트인 지상이었다면 비행이 가능하도록 진화했을지도 모른다.

"지하공간에서 진화를 해서 정말 다행이로군."

만약 팬텀이 날아다니게 된다면 어떨까?

상당히 까다로워질 것이다.

─꼭 그렇게 볼 수는 없지. 지금 저 모습은 완전히 육전형으로 진화한 모양이니 말이야.

요르문간드는 슬쩍 팬텀을 바라봤다.

전차급이 비교적 곤충에 가까운 모습이었다면, 지금 눈앞에 있는 팬텀은 화력 중시의 전차라고 할 수 있을 것이다.

─조심해라. 지금 저 팬텀은 다족보행전차라고 생각하는 편이 나을 거다.

"뭐? 전차라고?"

요르문간드의 텔레파시에 현성이 반문하려는 찰나.

철컥철컥철컥철컥!

팬텀으로부터 기계적인 소리가 들려왔다.

반사적으로 현성의 시선이 팬텀을 향했다.

"그러네. 진짜 전차 같네."

여덟 개의 다리가 달린 타란튤라처럼 생긴 다족보행전차.

지금 눈앞에 있는 팬텀은 딱 그 모습이었다.

몸 여기저기에서 빔 병기로 보이는 총구들이 무수하게 튀어져 나와 있었던 것이다.

번쩍!

순간 최소 수십 발이 넘는 붉은 빛줄기가 디스트로이어급 팬텀으로부터 쏟아져 나왔다.

"루스터 실드(Luster Shield)!"

현성은 다급하게 마나서클을 굴리며 6클래스 방어 마법을 시전 했다. 그러자 요르문간드와 현성의 앞에 찬란하게 빛나는 광휘의 방패가 생성되었다.

그 직후, 붉은 빛줄기들이 빗발치듯 루스터 실드를 두들겼다.

"큭!"

디스트로이어급 팬텀의 공격에 루스터 실드가 조금씩 깎여 나갔다. 투르퍼급이나 전차급과는 비교도 되지 않는 화력이었다.

키이이이잉!

그때 팬텀의 등 위에 나타난 2문의 총구에서 어마어마한 크기의 붉은빛 구체가 집속되고 있는 모습이 현성의 눈에 보였다.

"이런 망할!"

슈아아아악!

초고출력 생체 레이저의 빛이 공기 중의 먼지와 수분을 태우며 현성을 향해 쇄도했다.

―프로텍트(Protect).

순간 요르문간드의 텔레파시가 울려 퍼지더니 루스터 실드 앞에 하얀빛을 발하는 반투명한 막이 생겨났다.

콰아아아아앙!

반투명한 막과 두터운 굵기의 붉은빛이 충돌하면서 폭발이 일어났다.

그 반동에 요르문간드와 현성은 뒤로 나가떨어졌다.

"크, 크윽……."

'이 무슨 말도 안 되는 위력이…….'

현성은 질린 눈으로 디스트로이어급 팬텀을 노려봤다.

요르문간드의 방어 능력과 현성의 루스터 실드로도 팬텀의 공격을 완벽히 막아내지 못하다니!

'일본이 망할지도 모른다더니 허언이 아니었군.'

그만큼 디스트로이어급 팬텀은 믿기지 않을 정도로 강했다.

"도와줘서 고맙군."

―인사는 됐다. 그보다 이제 어쩔 생각이냐?

"무슨 수를 써서라도 여기서 처리해야지. 저런 걸 밖에 풀어다 놓으면 일본뿐만이 아니라 전세계가 위험해질지도 모르니까."

—동감이다.

팬텀은 신들의 공적이었다.

그리고 요르문간드에게 있어서도 이 세계에서 없애야 할 적이기도 했다.

요르문간드는 현성과 함께 눈앞에 있는 디스트로이어급 팬텀을 없애기로 마음먹었다.

"……."

현성은 자세를 낮추며 칠흑의 마창을 고쳐 잡았다.

그리고 조용히 중얼거렸다.

"일루전(illusion)."

그러자 팬텀을 향해 칠흑의 마창을 겨누고 있는 현성의 모습이 열 명이 넘게 나타났다.

4클래스 환영 마법을 시전한 것이다.

탓!

그리고 열 명이 넘는 현성들이 디스트로이어급 팬텀을 향해 달려들었다.

슈아아악!

그 모습을 본 팬텀은 확산형 빔 공격을 해왔다.

광범위하게 쏟아지는 붉은색 빛줄기들.

그 사이사이를 현성은 고속 이동으로 피하거나 혹은 블링크 마법으로 공간을 넘으며 피해냈다.

그 와중에 미처 신경을 쓰지 못한 환영체들이 몇 개 당하고 말았다.

하지만 현성은 소기의 목적을 달성했다. 바로 눈앞에 디스트로이어급 팬텀의 거대한 몸체가 있었으니까.

"메테오 임팩트(Meteor Impact)!"

콰앙!

6클래스 화염 속성의 충격 마법을 시전하며 칠흑의 마창을 휘두르자 대규모 폭발이 일어났다.

츠츠츠츳!

하지만 칠흑의 마창이 팬텀의 몸에 닿기 직전 붉은색 배리어가 생겨나 공격을 막아냈다.

붉은색으로 빛나는 강력한 왜곡장, 디스토션 필드였다.

"아직 이걸로 끝이 아니다!"

현성은 메테오 임팩트로 발생한 폭발을 반동으로 이용하여 몸을 회전시키며 재차 공격을 가했다.

콰아앙!

그럴 때마다 메테오 임팩트의 폭발이 디스토션 필드의 표면에서 일어났다.

그 폭발력을 이용한 반동으로 현성은 연속 공격을 했다.

하지만 팬텀도 가만히 당하지 않았다.

푸슝!

현성이 재차 칠흑의 마창을 휘두르며 공격을 하려고 하자, 근거리 레이저 병기로 공격한 것이다.

근접전을 벌이고 있는 탓에 화려한 빔 공격을 하지는 못했지만 거리가 가까운 만큼 현성이 대처할 시간도 짧았다.

"큭!"

팬텀 주변을 고속으로 이동하며 공격을 하던 현성은 신음을 내뱉었다.

팬텀의 근거리 레이저가 현성의 어깨를 살짝 스치고 지나간 것이다.

그 이후에도 팬텀의 레이저 공격이 이어졌지만, 현성은 몸을 이리저리 움직이며 아슬아슬하게 피해냈다.

"슈바르츠 블레쳐(Schwarze Brecher: 칠흑의 파괴자)!"

콰아아앙!

현성은 팬텀의 레이저를 피하며 디스토션 필드를 두들겼다.

'아무리 절대적인 방어력을 자랑한다고 해도 한계가 있는 법이지.'

디스토션 필드도 마찬가지다.

언젠가 현성의 공격을 버티지 못하고 소실되는 때가 올 것이다.

'남은 건, 내가 쓰러지는 게 먼저인지 아니면 디스토션 필

드가 사라지는 게 먼저인지 둘 중 하나일 뿐.'

어느 쪽이 되었든 현성은 팬텀과 싸울 수밖에 없는 상황이었다. 눈앞에 있는 디스트로이어급 팬텀이 밖으로 나가는 순간 얼마나 많은 인명 피해와 재산 피해가 생기겠는가?

아무리 정신 못 차리고 헛짓거리를 하고 있는 일본 우익들이 밉다고 해도, 수많은 일본 국민들을 모른 척할 수는 없었다.

또한, 지금 현성이 있는 곳은 인구 최대 밀집지역인 일본 도쿄.

디스트로이어급 팬텀을 풀어놓는다면 어마어마한 인명피해가 발생할 수 있었다.

"이걸로 마지막이다!"

현성은 팬텀에게서 거리를 살짝 벌렸다.

그러자 기다렸다는 듯 붉은빛의 포격이 현성을 사납게 쫓아왔다.

하지만 그 공격을 피하며 현성은 여덟 개의 마나서클을 팽팽하게 회전시켰다.

"썬 라이트 스피어(Sun Light Spear)!"

순간 칠흑의 마창에서 황금빛이 터져 나왔다.

위대한 황금의 창!

썬 라이트 스피어는 이드레시안 차원계에 있을 때, 현성이 독자적으로 만들어낸 마법으로 위력만큼은 8서클에 필적한다.

현성은 황금빛으로 빛나는 마창을 있는 힘껏 팬텀을 향해 던졌다.

새애애애액!

파공성을 내며 팬텀의 디스토션 필드를 향해 맹렬한 기세로 쇄도하는 황금의 창.

무시 못할 가공할 기세로 다가오는 황금의 창을 바라보며 디스트로이어급 팬텀은 붉은 눈을 빛냈다.

제 3 장
온천에서 생긴 일

우오오오오오!

디스트로이어급 팬텀은 긴 포효성과 동시에 이전과는 다른 선명하게 빛나는 디스토션 필드를 발동했다.

콰아아아앙!

썬 라이트 스피어와 디스토션 필드가 서로 맞부딪치며 굉음과 함께 충격파가 주변을 초토화시켰다.

파지지지지직!

황금의 창과 디스토션 필드는 에너지를 서로 방전하며 힘겨루기에 들어가 있었다.

서로 한 치의 양보도 없는 싸움.

이 싸움에 승패가 걸려 있었다.

'마나가 이제 바닥이군.'

현성은 남아 있는 모든 마나를 쥐어짜내 마지막 일격을 던졌다. 이제 더 이상 상위 서클을 마법을 쓸 수 있을 만한 마나는 남아 있지 않았다.

'하지만 저 디스토션 필드만 날려버릴 수 있다면……!'

현성은 믿는 구석이 있었다.

바로 요르문간드였다.

아직 완전히 신용할 수 없는 존재이기는 하나, 지금 이 순간만큼은 든든한 아군이었다.

팬텀을 상대하는 데 있어 가장 골치 아픈 것은 역시 무슨 공격이든 막아내는 붉은색 배리어, 즉 공간 왜곡장인 디스토션 필드였다.

그것만 제거해낼 수 있다면 요르문간드 혼자서도 디스트로이어급 팬텀을 상대할 수 있으리라.

즈즈즘.

그때 갑자기 디스트로이어급 팬텀의 등에서 붉은색 빛줄기가 사방팔방으로 뻗어 나왔다.

하지만 이내 그것들은 마치 의지를 가진 것처럼 90도에 가깝게 휘어졌다.

"호, 호밍 레이저인가!"

팬텀에게서 쏟아져 나온 빛줄기들은 먹이를 노리는 뱀 같은 움직임을 보이며 황금빛으로 빛나는 칠흑의 마창을 향해 쇄도했다.

콰콰콰쾅!

"이, 이런!"

놀라는 현성의 눈동자에 황금의 창과 붉은 빛줄기가 충돌하며 생긴 폭발이 비쳤다.

갑작스러운 디스트로이어급 팬텀의 공격에 썬 라이트 스피어의 기세가 약해졌다.

"여기까지인가……."

현성은 이를 악물며 팬텀을 노려봤다.

바로 그 순간,

쿠우웅!

갑자기 요르문간드가 20미터나 되는 몸체를 팬텀과 부딪쳐왔다. 그런 요르문간드의 몸 주위에는 푸른색 방어막이 쳐져 있었다. 갑작스러운 요르문간드의 개입에 현성은 놀란 얼굴로 바라봤다.

"무슨 짓이냐?"

─그대는 잘 해주었다. 남은 건 나에게 맡겨라.

지지직!

정면에서는 황금의 창이, 그보다 조금 상공에서는 푸른색 방어막을 몸에 두르고 팬텀의 디스토션 필드와 맞부딪치고 있는 요르문간드가 있었다.

그리고 요르문간드의 푸른색 배리어도 일종의 공간 왜곡 장인 모양이었다.

팬텀의 디스토션 필드를 중화시키고 있었던 것이다.

파아아아앙!

얼마 지나지 않아 굳건한 철벽같은 팬텀의 디스토션 필드가 깨져 나갔다.

쉬이익.

디스토션 필드가 없어지자 칠흑의 마창은 황금빛을 잃고 현성의 손으로 날아 들어왔다.

"드디어 날려버렸군."

현성은 칠흑의 마창에 기대서며 입꼬리를 말아 올렸다.

샤아아아아아!

우오오오오오!

"……!"

갑작스럽게 돔 형태의 공간에서 울려 퍼지는 울음소리에 현성은 고개를 치켜들었다.

그곳에 은은한 하얀빛을 내뿜으며 디스트로이어급 팬텀을 물어뜯고 있는 요르문간드가 있었다.

이에 맞서 디스트로이어급 팬텀도 굵은 기둥 같은 다리를 뻗어 요르문간드의 긴 몸체를 꿰뚫어 내려찍고 있었다.

요르문간드와 팬텀은 비명 같은 울음소리를 연신 토해내며 싸우고 있었다.

'괴수대혈전이 따로 없군.'

현성은 침음성을 삼켰다.

2~30미터 크기의 생명체들이 싸우고 있는 모습은 어떻게 보면 장관이 아닐 수 없었다.

하지만 그 모습을 여유롭게 지켜볼 상황이 아니었다.

쿠웅!

현성의 바로 옆으로 요르문간드가 뜯어낸 팬텀의 다리가 굉음을 내며 떨어져 내렸다.

"이거 고래 싸움에 새우등 터지게 생기겠는데."

바로 옆에 떨어져 있는 팬텀의 다리를 힐끔 바라본 현성은 거리를 두기 시작했다.

요르문간드와 팬텀이 싸우고 있는 동안 최대한 마나와 지친 몸을 회복시킬 심산이었다.

일정 거리를 둔 현성은 고개를 올려다봤다.

요르문간드는 20미터나 되는 동체를 빳빳이 세우고 디스트로이어급 팬텀을 공격하고 있었다.

팬텀의 다리에 몸이 관통당해 여전히 지면에 박혀 있었기 때문에 자유롭게 움직일 수 없는 모양이었다.

요르문간드는 팬텀의 가슴 옆 부분을 꽉 물고 늘어졌다.

바로 그 순간 요르문간드에게서 새하얀 빛이 터져 나왔다.

"윽!"

새하얀 빛이 명멸한다.

갑작스러운 상황에 현성은 손으로 눈을 가리며 고개를 돌렸다. 그럼에도 밝은 빛이 현성의 시야를 가득 채웠다.

잠시 후, 현성을 괴롭히던 하얀빛이 사라졌다.

현성은 가늘게 눈을 뜨며 전방을 주시했다.

쿠우우웅!

30미터에 달하는 거대한 몸체의 디스트로이어급 팬텀이 바닥에 주저앉는 모습이 보였다.

"쓰러뜨린 건가?"

현성은 놀란 얼굴로 중얼거렸다.

그런 현성의 머릿속에 요르문간드의 텔레파시가 들려왔다.

─인간. 그대의 이름은 뭐지?

"나는 김현성이다."

─김현성이라. 기억해두지.

우우우우웅!

요르문간드의 텔레파시가 끝나는가 싶더니 공간을 진동시키며 하얀링이 돌연 모습을 나타냈다.

"이건······!"

현성은 긴장했다.

또다시 팬텀들이 하얀링을 통해서 넘어오는 게 아닐까, 하는 생각이 들었던 것이다.

하지만 그건 기우였다.

하얀링은 요르문간드를 중심으로 수평, 수직회전을 하기 시작했다.

—시간이 없군. 잘 있어라, 김현성. 언젠가 또 만나도록 하지.

그 속에서 요르문간드는 현성에게 작별인사를 남겼다.

그리고 얼마 지나지 않아 하얀링은 회전수가 빨라지며 눈부신 빛을 발했다.

파앗!

눈부신 빛과 함께 흔적도 없이 하얀링과 요르문간드의 모습이 사라졌다.

또한, 디스트로이어급의 거대한 팬텀의 모습까지도.

"가버린 건가."

고요한 적막감 속에 현성의 목소리만이 조용히 울려 퍼졌다.

*       *       *

현성이 마법 협회 일본 지부에 잠입한 날을 기점으로 사실상 일본 지부는 괴멸했다.

주요 간부급 인물들인 이시이 로쿠로와 이시이 쥬이치로는 사망처리 되었고, 마법 협회 일본 지부장인 이케다 신겐과 키메라로 개조당해 죽은 아베 신이치는 실종처리 되었다.

그리고 이케다 신겐의 오른팔이었던 도조 히데유키는 일본 지부의 지휘통제실에서 이미 시체가 되어 있었다.

정황상 권총 자살을 한 것으로 보이지만, 정말 자살을 한 것인지, 아니면 누군가에게 살해를 당한 것인지는 정확하게 알 수 없었다.

총상이 옆머리에 비스듬하게 나 있었기 때문이다.

그렇게 마법 협회 일본 지부는 자연스럽게 와해되었다.

구심점이 될 만한 인물이 없었으니까.

"일본 지부가 없어졌으니 지금쯤 서진철 관장의 머리가 터져 나가려 하겠군."

김이 모락모락 피어오르는 온천 속에서 현성은 피식 웃음을 흘렸다.

일본 지부를 괴멸시키고 난 후, 현성은 모든 뒤처리를 마법 협회 한국 지부에 떠넘겼다.

그리고 지금 느긋하게 일본에서 온천욕을 즐기고 있었다.

그것도 온천 여관 하나를 완전히 전세내서.

"아아. 그동안의 피로가 풀리는구나."

홀로 온천 속에 몸을 묻으며 현성은 편안한 표정을 지었다.

그동안 현성은 환상의 섬 상륙 작전부터 시작해서, 일본 지부 괴멸까지 팬텀이라는 존재를 조사하기 위해 쉬지 않고 달려왔다.

그 결과 팬텀의 정체에 대해 어느 정도 알 수 있었지만 제대로 쉬어본 적이 없었다.

그 때문에 현성은 쿠레하가 추천해 준 온천 여관에 전세를 내고 쉬는 중이었다.

물론 요금 청구서는 마법 협회 한국 지부, 즉 인천 역사 유물 박물관 앞으로 달아두었다.

"그나저나 산 넘어 산이로군."

현성은 한숨을 내쉬었다.

과연 서진철 관장은 일본 지부에 무엇이 있는지 알고 자신을 보낸 것일까?

그 생각에 현성은 고개를 저었다.

"일본 지부가 무언가 숨기고 있는 것을 어렴풋이 알고 있었겠지."

그래서 자신을 일본 지부에 보낸 것일 터.

일본 지부가 숨기고 있는 정보나 혹은 무언가를 조사하가 위해서 말이다.

그런데 그것이 설마 북유럽 신화에 등장하는 거대한 뱀, 요르문간드의 화신이었을 줄이야!

"멍청한 일본 지부 놈들은 요르문간드를 일본 신화에 나오는 야마타노오로치를 알고 있었지만 말이야."

현성은 헛웃음을 흘렸다.

지금 생각해도 어처구니가 없었다.

"문제는……."

분명 서진철 관장은 요르문간드에 대해 모르고 있을 것이다.

그리고 요르문간드를 통해 현성은 많은 사실을 알아냈다.

"팬텀을 만들어낸 자들이 있다는 것. 그리고……."

까마득한 옛날, 고대에 있었던 신들의 대전쟁, 라그나로크.

그 실체는 고대에 이 세계에 찾아온 존재들, 즉 이방인들과 신들의 전쟁이었다.

하지만 현대에 전해지고 있는 신화에서는 이방인들과 그들이 만들어낸 생체 병기인 팬텀에 대한 이야기는 존재하지 않았다.

단지, 1947년에 발견된 사해문서에서 팬텀에 대해 언급한 적은 정보만이 있었을 뿐이었다.

그럼 어째서 신화가 각색되었던 것일까?

"신들이 승리하지 못했다는 사실이지."

현성은 요르문간드가 하얀링과 함께 사라지기 직전, 텔레파시로 압축된 정보를 전송받았다.

그중 하나가 라그나로크 대전에서 신들이 이방자들을 상대로 이기지도 지지도 않았다는 사실이었다.

아니, 사실상 패배에 가까웠다.

이방인들과의 전쟁으로 신들을 비롯한 각 종족들은 다른 차원으로 뿔뿔이 흩어지다시피 했으니까.

당시 아직 문명이 미개하기 짝이 없던 인류만이 이 세계에 남았을 뿐이었다.

그 때문에 신들은 이방인들에 대한 정보를 남기지 않고 숨겼다. 사해문서에 팬텀이라는 존재가 이 세계에 다시 모습을 나타낼 것이라는 정보만을 남긴 채 말이다.

"흠."

현성은 생각에 잠겼다.

고대의 신들조차 이방인들을 상대로 이기지 못했다.

그런 상대를 과연 지금의 현 인류가 어떻게 할 수 있을까?

그 생각에 현성의 얼굴은 어두워졌다.

"그나마 다행인 건 요르문간드와 같은 존재가 있다는 점이지만……."

과연 그들을 신용할 수 있을지도 의문이었다.

그들은 전부 인간을 초월한 존재들.

그들의 입장에서 본다면 인간은 하찮은 존재에 지나지 않을 테니 말이다.

"머리 아프군."

여하튼 현성은 서진철 관장의 말대로 현성은 일본 지부에서 팬텀에 대한 중요한 정보를 알아냈다.

현성이 알고 있는 정보는 그 자체로 무기가 될 것이다.

세계를 상대로 유용하게 써먹을 수 있는.

"조만간 서진철 관장을 만나러 가봐야겠군."

분명 지금쯤 서진철 관장은 눈 코 뜰 새 없이 바쁠 것이다.

괴멸된 일본 지부에는 어마어마한 양의 정보가 잠들어 있었으니까.

키메라에 대한 연구 자료부터 시작해서 초인병사 프로젝트의 일환으로 탄생한 12신장이라고 불리는 닌자부대에 관한 자료와, 국제 사회에서 금지한 인체실험에 대한 데이터, 그리고 팬텀 세포에 관한 정보까지 있었다.

세계 각지에 흩어져 있는 마법 협회 지부들뿐만이 아니라, 각국 정보부들도 어떻게든 손을 써서 얻고 싶은 정보들이었다.

서진철 관장은 그 정보들을 지키기 위해 아마 머리통이 터져 나가려 하고 있을 것이다.

"지금까지 사람을 부려먹었으니 그 정도 고생은 해야지."

현성은 피식 웃었다.

아직 일본이 괴멸된 지도 이틀이 지나지 않았다.

지금은 뒷수습을 하느라 정신이 없을 뿐이지, 아직 다른 국가에 있는 마법 협회들이 개입을 하고 있지는 않을 것이다.

이제 일본 지부에 있었던 일들을 알게 되어 앞으로 어떻게 할 건지 마법 협회 각 지부나 각국 정보부에서 대처방안을 강구하고 있을 터.

"그럼 이제 느긋하게 쉬어 볼까."

현성은 풀린 표정으로 온천욕을 즐겼다.

드르륵!

그때 온천탕 입구 문이 열리면서 목욕 타월로 몸을 가린 최미현이 모습을 드러냈다.

　　"현성 군~ 나 들어가요!"

　　"그런 말은 들어오기 전에 하세요."

　　갑작스럽게 등장한 최미현의 모습에 현성은 고개를 흔들며 한숨을 내쉬었다.

　　"뭐, 이미 들어와 버렸으니 어쩔 수 없죠."

　　최미현은 혀를 살짝 내밀며 미소를 지었다.

　　"그런데 어쩐 일입니까? 여긴 남탕인데요."

　　목욕 타월로 몸을 가리고 있는 최미현을 본 현성은 고개를 돌리며 말했다.

　　"현성 군, 등 밀어주려고 왔어요."

　　최미현은 애교가 넘치는 목소리로 입을 열었다.

　　그리고 당당한 걸음걸이로 현성을 향해 다가갔다.

　　"꺄악!"

　　순간 최미현의 발이 주르륵 미끄러졌다.

　　그녀의 비명 소리에 놀란 현성은 반사적으로 온천탕에서 몸을 일으키며 최미현을 바라봤다.

　　"우왓!"

　　"꺅!

　　최미현은 이미 현성의 지근거리까지 다가와 있었다.

　　첨벙첨벙!

그녀는 몸을 일으킨 현성과 보기 좋게 부딪치며 사이좋게 온천 속으로 빠졌다.

"으응……."

최미현은 가슴을 옥죄이는 느낌에 신음성을 흘렸다. 심장이 두근거리고 온몸이 달아오른다.

생전 처음 느껴보는 고양감에 최미현은 흥분된 표정으로 현성을 바라봤다.

"……."

그리고 지금 현성은 난감한 표정을 짓고 있었다.

자신의 오른손이 최미현의 부드럽고 풍만한 가슴을 쥐고 있었으니까.

그녀가 몸에 두르고 있던 목욕 타월은 온천탕 위를 둥둥 떠다니고 있었다.

지금 최미현은 실오라기 하나 걸치지 않은 알몸이었다.

꽈악!

"앗! 현성 군. 안 돼!"

자기도 모르게 현성이 손에 힘을 주자 최미현은 뜨거운 숨을 토하며 비명 같은 신음 소리를 냈다.

그리고 최미현은 뜨거운 눈으로 현성을 바라봤다.

"책임… 져 줄 거죠?"

최미현은 현성의 눈앞에서 몸을 가릴 생각은 안 하고 부끄러운 듯 붉게 상기된 얼굴로 말했다.

'어, 어떡하지?'

현성은 필사적으로 머리를 굴렸다.

지금 상황에서 어떻게 해야 빠져나갈 수 있을까?

두뇌를 맹렬하게 돌리고 있는 현성은 마치 시간이 느리게 흐르는 것 같은 착각이 들 정도였다.

"김현성. 안에 있나?"

"등 밀어주려고 왔다."

그때 온천탕 문이 열리며 두 명의 여인이 등장했다.

차가운 인상이지만 이국적인 미모를 가진 아름다운 미녀 서유나와 카리스마가 넘치는 누님인 요모기 쿠레하가 나타난 것이다.

숨길 수 없는 몸매의 소유자들인 그녀는 유감스럽게도 수영복을 입고 있었다.

"어?"

온천탕 안으로 들어온 요모기 쿠레하와 서유나는 어리둥절한 표정을 지었다.

그녀들의 눈에 실오라기 하나 걸치지 않은 육감적인 몸매를 그대로 드러내놓고 있는 최미현을 현성이 덮치고 있는 모습이 보였기 때문이다.

"김. 현. 성!"

순식간에 그녀들의 얼굴에 노기가 서렸다.

그리고 요모기 쿠레하는 서로 몸을 껴안고 있는 최미현과 현성을 향해 뛰어들었다.

"새치기하기 없기로 했으면서!"

쿠레하는 억울한 얼굴로 최미현을 바라보며 소리쳤다.

"아, 아니 그게… 사고였어요!"

"사고?! 그럼 이미 상황은 끝났다는 뜻?"

쿠레하의 얼굴에 절망감이 어렸다.

그녀는 이미 최미현과 현성이 넘어야 하지 말아야 선을 넘었다고 생각한 모양이었다.

"그런 바보 같은……!"

완벽한 오해였지만 고개를 숙이고 알 수 없는 소리를 중얼거리기 시작하는 쿠레하에게 이제 무슨 소리를 해도 들리지 않을 것 같았다.

어떻게 보면 최미현의 입장에서는 잘된 상황이라고도 할 수 있었다.

자신의 연적이 알아서 자멸한 것이니까.

휘이이이잉!

"으으… 추워."

최미현은 갑자기 불어오는 차가운 바람에 몸을 떨었다.

아직 그녀를 방해할 최종 보스 같은 여인이 한 명 더 남아 있었던 것이다.

"이곳에서 무슨 짓을 했지?"

최종 보스 서유나는 차가운 한기를 풀풀 날리며 질문했다.

기분 탓이 아니라 실제로 그녀를 중심으로 발밑에 얼음 꽃들이 피어오르고 있었다.

그녀는 얼음 속성 전문 마법사.

괜히 그녀가 얼음 공주라는 이명이 있는 게 아니었다.

"아, 아니… 그게 아직 아무 짓도 안했는데……."

휘이이이잉!

순간 서유나로부터 차가운 바람이 휘몰아쳤다.

"아직? 그럼 지금부터 차마 입에 담기 힘든 짓을 하려고 했단 말인가?"

"아니, 그게 아니라……."

차가운 그녀의 태도에 최미현은 온천탕 속에서 식은땀을 흘렸다.

"혀, 현성… 군……?"

최미현은 도움을 요청하기 위해 현성을 불렀다.

하지만 아무런 대답이 없었다.

"……?"

최미현은 주변을 둘러봤다.

한쪽 구석에서 여전히 쪼그리고 앉아 고개를 숙인 채 뭐라고 중얼거리는 요모기 쿠레하밖에 보이지 않았다.

'도망쳤구나!'

최미현은 차가운 한기를 풀풀 날리고 있는 서유나를 어색한 미소로 바라보며 등 뒤로는 식은땀을 흘렸다.

턱!

"히이익!"

순간 최미현은 어깨에서 느껴지는 차가운 느낌에 화들짝 놀랐다.

고개를 돌려보니 차가운 표정을 짓고 있는 서유나의 얼굴이 보였다.

"최미현 씨."

"왜, 왜요?"

서유나의 한기가 느껴지는 존댓말에 최미현은 불안한 표정을 지으며 그녀와 시선도 마주치지 못했다.

"오늘 여기서 무슨 일이 있었는지 실토하시지요."

"아, 아무 일도 없었어요!"

"호오? 아무 일도 없었다 이 말인가요?"

"네. 없었어요!"

최미현의 말에 서유나는 소리 없는 미소를 지었다. 그리고 먹이를 노리는 날카로운 눈으로 최미현을 바라봤다.

"그럼 어쩔 수 없군요. 이곳에서 무슨 일이 있었는지 그 몸에 묻는 수밖에."

"모, 몸으로 묻겠다니 그게 무… 꺄앙!"

최미현은 차마 말을 마치지 못하고 신음 소리를 내질렀다.

굉장히 부드러우면서도 차가운 서유나의 손이 최미현의 가슴을 움켜잡았던 것이다.

'이, 이건 이거대로 기분이…….'

가슴에서 퍼져나가는 몸이 녹을 것 같은 느낌에 최미현은 몸이 달아오름을 느꼈다.

그리고 몸 전체에 힘이 들어가지 않았다.

"앗! 아, 안 돼!"

순간 최미현은 등을 타고 내려오는 서유나의 차가운 손길에 기분 좋은 비명을 내질렀다.

'으읏… 가, 같은 여자인데!'

"아아아……."

최미현은 생전 처음 느껴보는 서유나의 부드럽고 차가운 손길에 점차 정신이 혼미해져 갔다.

서유나의 손이 몸을 스치고 지날 때마다 최미현은 몸이 경직되며 자기도 모르게 뜨거운 신음을 토해냈다.

그렇게 일본 여관의 온천탕에서 밤이 새도록 최미현의 신음 소리는 끊임없이 울려 퍼졌다.

*　　　*　　　*

다음 날 아침.

현성 일행은 일본 온천 여관에서 식사를 하고 있었다.

"다음은 도쿄에 있는 백화점에 갈 생각인데 같이 가겠나? 이번에 루비이톤에서 신제품 가방이 나왔다고 하던데."

"정말인가요!"

"루비이톤에서 새로 나온 거면 일단 사고 봐야지."

요모기 쿠레하를 비롯한 서유나와 최미현은 어쩐 일인지 매우 친해져 있었다.

평소에는 꽤나 사무적인 대화밖에 하지 않던 그녀들이 별안간 화기애애한 대화를 나누며 같이 백화점에 가지 않겠냐고 하는 게 아닌가?

그뿐만이 아니었다.

어젯밤에 온천욕을 해서인지는 몰라도 이상하게 그녀들의 피부가 매끈매끈 광택을 내고 있었던 것이다.

"어제 무슨 좋은 일이 있었습니까?"

현성은 궁금한 표정으로 그녀들에게 질문을 던졌다.

"……."

그러자 그녀들은 꿀 먹은 병아리처럼 갑자기 조용해지더니 부끄러운 듯 얼굴을 붉혔다.

그리고 최미현이 얼굴을 손으로 감싸며 서유나를 힐끔힐끔 훔쳐봤다.

"좋은 일이라면… 있긴 있었죠?"

"부끄러우니까 말하지 마요."

최미현의 말에 얼음 공주라고 불리던 서유나가 얼굴을 붉히며 대답했다.

그리고 요모기 쿠레하마저 얼굴을 붉히며 입을 열었다.

"아주 좋은 일이 있었지."

'대체 어젯밤에 무슨 일이……?'

그런 그녀들의 모습에 현성은 고개를 갸웃거릴 뿐이었다.

제 4 장
돌아온 일상

약 이틀 후 한국.

세 명의 여인들과 온천 여행을 즐긴 현성은 최미현을 데리고 한국에 돌아왔다.

서유나는 당분간 일본에 남아 마법 협회 한국 지부에서 파견한 마법사들과 뒷수습을 하기로 했으며, 요모기 쿠레하도 서유나와 마찬가지로 요모기 연합을 다시 재정비하기로 했다.

거기다 최대 라이벌 조직이었던 극동회가 무너졌기 때문에 야쿠자들이 술렁거리고 있는 상황이었다.

이번 기회에 쿠레하는 요모기 연합을 크게 성장시킬 생각으로 의욕을 불태우고 있었다.

그리고 최미현은 인천국제공항에서 헤어졌다.

그녀 또한 일본에서 있었던 사건들과 정보들을 국정원에 보고해야 했으며, 국정원에서도 이번 사태를 해결하기 위해 마법 협회 한국 지부에 협력 해줄 것이다.

그만큼 마법 협회 한국 지부는 부담을 들 수 있으리라.


"오셨습니까?"

현성이 인천 역사 유물 박물관에 도착하자, 후관 건물 안에서 한국 지부 마법사들이 나와 깍듯이 인사를 한다.

이제 그들도 알고 있었다.

그들의 눈앞에 있는 소년이 지부 하나를 좌지우지할 정도로 강력한 힘을 지닌 존재라는 사실을.

마법 협회 역사상 현성과 같은 마법사는 없었다.

"서진철 관장님은?"

"관장실에 계십니다. 이쪽으로 오십시오."

후관 건물 입구에서 기획운영과 과장 이성재가 현성을 마중나와 관장실로 안내했다.

"그럼……."

관장실 앞까지 안내한 이성재 과장은 한걸음 물러났다. 그의 말에 현성은 고개를 끄덕인 후, 관장실 안으로 들어갔다.

"어서 오게. 오랜만에 보는군."

현성을 바라보는 서진철 관장의 얼굴은 초췌해 보였다.

예상대로 일본 지부 일 때문에 고생을 한 모양이었다.

"얼굴색이 좋아 보이지 않는군요. 요즘 좀 바쁘셨나봅니다?"

"허허. 마법 협회 한국 지부장이 되고 나서 이렇게 바빴던 적은 처음이네. 누구 덕분에 말이야."

"그거 참 안 되셨네요. 저도 누구 덕분에 꽤 바빴거든요. 배타고 지도에도 없는 섬에 가지를 않나, 비행기 타고 다른 나라에 가지를 않나 쉴 틈이 없더군요. 거기다 이제 학교 복학도 해야 되니, 원."

현성은 능청스러운 표정으로 고개를 절레절레 흔들며 말했다. 그 모습에 서진철 관장은 쓴웃음을 지었다.

"그래도 자네는 일본에서 온천 여관 하나를 전세내고 수많은 여성들과 온천욕이라도 즐기고 오지 않았나."

"……."

그 말에 현성은 정색하며 고개를 옆으로 돌렸다. 그리고 한숨을 한 차례 내쉬었다.

"수많은 여성들이라는 게 무슨 말인지는 모르겠지만 그렇게 즐긴 것도 아닙니다. 고생만 줄창 했지."

온천 여관에서 있었던 일들을 떠올리며 현성은 다시 한 번 한숨을 내쉬었다.

"그런가? 내가 들은 바에 의하면 내 딸과 함께 주지육림의 파티를 즐겼다고 하던데."

"대체 어떤 정신 나간 놈이 그런 소리를 한 겁니까?"

"이 대리가."

'이 대리 이 자식!'

현성은 서진철 관장과 용무가 끝나면 이 대리를 손봐주기로 결심했다.

여기서도 치이고, 저기서도 치이는 불쌍한 이 대리.

만약 지금 이 상황을 이 대리가 알았다면 울상을 지으며 자기는 그런 말을 한 적이 없다고 말할 것이다.

하지만 이미 이 대리는 인천 역사 유물 박물관에서 간부급 인물들에게 동네북인 신세였다.

이유는 한 가지뿐이었다.

바로 그가 현성을 스카우트 해왔으니까.

그 때문에 이 대리는 뛰어난 실적을 올린 것과 동시에 간부들에게 구박을 박는 미묘한 입장에 처해 있었다.

하지만 이번에 일본에서 있었던 일로 인해 이 대리를 진급시키기로 결정 내렸다.

한국 지부의 오랜 숙원 같은 일을 현성이 혼자서 이루어냈기 때문이다.

"하지만 정말 자네에게 놀랐네. 기대는 하고 있었지만, 설마 그런 일을 해낼 줄은 몰랐으니 말이야."

어느 틈엔가 서진철 관장은 진지한 표정으로 현성을 바라보고 있었다.

서진철 관장은 현성이 일본 지부를 칠 수 있는 정보를 알아
내주길 원했었다.

일본 지부에서 국제법에서 금지한 불법적인 일들을 해온
증거를 잡아낼 수 있으면, 그것을 명분으로 내세워 일본 지부
를 칠 수 있었으니까.

서진철 관장은 현성이 정보를 얻게 되면 바로 일본 지부를
칠 수 있도록 한국에서 준비를 착착 진행시키고 있었다.

하지만 그것을 현성은 혼자서 해내버렸다.

"지금 자네 덕분에 마법 협회는 물론이고 세계 각국의 정
보부들이 혈안이 되어 있네. 혼자서 마법 지부 하나를 괴멸시
킨 마법사를 찾기 위해서 말이야."

그만큼 현성이 일본 지부를 괴멸시킨 일은, 꽤 이슈가 되어
있었다.

물론 어디까지나 마법 협회와 뒷세계에서의 이야기였다.

"지금 정확히 어떤 상황입니까?"

"미국을 시작으로 세계 강대국이라고 할 수 있는 나라로부
터 압력이 들어오고 있네. 일본 지부에서 얻은 정보와 자네의
신상정보를 알려달라고 말이야. 물론 모두 물밑에서 일어나
고 있는 일들이라 아직 아무것도 알려주지 않았네. 지금까지
시간을 끄느라 내가 얼마나 힘들었는지 아나?"

"흠……."

현성은 생각에 잠겼다. 역시 예상대로 세계 각국에서 압력이 들어오고 있는 모양이었다.

그리고 마법 협회와 세계 각국의 정보부가 현성을 찾고 있는 이유는 단 한 가지뿐. 바로 자신들에게 오라고 권유를 하기 위해서였다.

"그들은 조심스러워하고 있네. 자네가 가진 힘이 어느 정도인지 아직 정확히 파악하지 못했으니 말이야."

일본 지부가 가진 힘은 결코 작지 않았다.

이번에 밝혀진 일본 지부가 숨기고 있는 것들을 보면 더더욱 잘 알 수 있었다.

일본 지부가 가진 힘은 강대국들에 비해 결코 떨어지지 않았다. 만약 강대국들이나, 그곳에 있는 마법 협회 지부가 일본 지부를 상대했었다면 큰 피해를 입었을 것이다.

또한, 서진철 관장 또한 일본 지부가 숨기고 있던 전력을 보고 등골이 서늘하지 않을 수 없었다.

만약 현성을 제외하고 한국 지부만의 전력으로 일본 지부를 쳤었다면 오히려 패퇴하지 않았을까, 라는 생각이 들 정도였다.

그런데 그런 전력을 가진 일본 지부를 현성은 혼자서 괴멸시켰던 것이다.

"그들은 현재 우리들에게 압력만 걸고 있을 뿐, 아직까지 직접적인 행동은 보이지 않고 있네. 자네의 심기를 건드리고 싶지 않은 것이겠지."

서진철 관장의 말대로 세계 강대국들과 마법 협회 지부들은 혈안이 되어 현성을 찾으면서도, 한편으로는 조심스러워하는 기색을 보이고 있었다.

"자네는 어떻게 할 생각인가?"

서진철 관장은 여러 가지 의미가 담긴 눈빛으로 현성을 바라봤다.

마법 협회 지부 하나를 괴멸시킬 정도의 힘을 가진 마법사!

과연 그 힘을 원하지 않을 지부가 있을까?

현성이 원한다면 세계 어디로든 갈 수 있었다.

그리고 그것을 막을 힘도, 권한도 서진철 관장에게는 없다. 현성은 웃으며 입을 열었다.

"저는 한국인입니다. 이왕이면 앞으로도 계속 한국 지부에 있고 싶군요."

"정말인가?"

현성의 대답에 서진철 관장은 반색했다.

행여나 현성이 한국 지부를 나간다고 하면 어쩌나 노심초사하고 있었던 것이다.

"난 또 자네가 미국 지부에라도 갈까 봐 걱정했었는데 다행이구만."

"미국 지부에 제가 왜 갑니까?"

"환상의 섬에서 미군 기계화부대의 마리사 대위와 친밀한

관계라고 들었거든. 듣자 하니 키스를 했다던가, 말았다던가?'

"아니 그건 또 누구한테 들은 겁니까?"

"알면서 왜 묻나. 당연히 이 대리한테지."

서진철 관장은 피식 웃으며 대답했다.

'이 대리, 이 자식! 용 사장한테 말해서 참치 잡이 어선에다 팔아버려야겠군.'

서진철 관장의 말에 현성은 마음속으로 이 대리의 처우를 결정했다.

"아무튼 자네를 보니 일본에서 많은 걸 알아냈나 보군."

서진철 관장은 물끄러미 현성을 바라봤다.

서진철 관장의 표정은 마치 일본에 가기전의 현성과 흡사했다.

"궁금했던 것들은 거의 알아냈지요."

"호오? 어떤 정보인지 들어봤으면 좋겠군."

"일본 지부에 파견 나가 있는 마법사들이 조사하면서 알아낸 것들이 있지 않습니까?"

"물론 그렇네. 일본 지부에서 무슨 연구를 하고 있었는지 알아 낼 수 있었지. 하지만⋯⋯."

서진철 관장은 어두운 표정을 지었다.

"이미 상당수 기밀 파일들이 지워져 있더군. 사실 한국 지부가 손에 넣은 정보는 그리 많지 않아. 물론 상당히 도움이 되는 자료들을 손에 넣었지만, 중요한 기밀 정보 파일들은 대부분 잃고 말았지."

중요한 기밀 정보 파일이란 물론 팬텀을 뜻했다.

세계 각국의 정보부나 마법협회가 파악하고 있는 것과는 달리 한국 지부는 그리 많은 정보를 습득하지 못하고 있었던 것이다.

"팬텀에 관해 알아낸 사실이 있다면 알려주었으면 좋겠군."

서진철 관장은 현성을 가만히 응시했다.

팬텀은 인류의 생존을 위협하는 존재다.

하지만 정작 인류가 팬텀에 대해 알고 있는 정보는 거의 없었다.

전 세계에 팬텀의 잔재가 남아 있음에도 불구하고 말이다.

그 이유는 단 하나!

일본 지부처럼 정보를 독점하고 있는 자들이 전 세계에 있기 때문이다.

"알겠습니다. 나중에 보고서로 작성해 제출하도록 하지요."

"오, 그래주겠나?"

현성의 말에 서진철 관장의 눈이 반짝반짝 빛났다.

"아무튼 이제 어떻게 할 생각입니까?"

현성은 계속 한국 지부에 남겠다는 뜻을 내비쳤다.

그리고 팬텀에 대해 알고 있는 정보까지 넘겨주겠다고 이야기해 주었다.

그 말은 곧 현성이 한국 지부에 힘을 실어주겠다는 소리다.

지금 현재 한국 지부는 뜨거운 감자 같은 상황이었다.

한국 지부가 일본 지부에서 얻어낸 정보들을 손에 쥐고 있고, 일본 지부를 괴멸시킨 마법사가 있는 곳으로 알려져 있었으니 말이다.

"누가 아군이고, 누가 적인지 알아봐야지. 자네 덕분에 일이 잘 풀릴 것 같군."

서진철 관장은 씩 웃어보였다.

*       *       *

며칠 뒤, 일본에서 변화가 생겼다.

일본 총리 및 천황이 기자 회견에서 믿기지 않는 언동을 보였다. 제2차 세계대전과 그 전쟁 중에 있었던, 난징 대학살 및 마루타 실험 사건. 그리고 역사 교과서 왜곡 등등 과거의 잘못을 공식적으로 사과를 했던 것이다.

또한, 파격적인 조건으로 한국과 동맹을 체결했다.

그리고 일본뿐만이 아니라 미국도 비교적 파격적인 조건 아래 동맹을 맺었다.

일본과 미국에서 한국 경제와 문화 및 산업을 지원하고, 거의 무상에 가까운 조건으로 자원과 기술을 제공 받기로 한 것이다.

갑작스럽게 생긴 일이었기에 한국인은 물론 일본인들도 어안이 벙벙하다는 반응이었다.

그렇게 파격적인 조건 아래 한일 및 한미 동맹이 맺어졌다.


한편, 마법 협회와 세계 각 정보부는 발칵 뒤집혀 있었다.

그동안 일본 지부에서 행해져 왔던 천인공노할 인체실험 데이터와 키메라 실험을 비롯한 초인병사 및 클론 프로젝트에 대한 정보를 한국 지부가 공개했던 것이다.

한국 지부 손에 의해 풀려나온 정보들은 어마어마한 가치를 지니고 있었다.

이 정보들을 토대로 연구를 할 경우, 의료업계 쪽에서 돌풍이 일어날 것이다.

그동안 난제였던 몇몇 불치병의 치료가 발견될지도 몰랐기 때문이다. 세계 각국에서는 비밀리에 정보를 입수하고 연구에 몰두했다.

그런 상황 속에서 서진철 관장은 비밀리에 미국과 손을 잡았다. 그로 인해 표면적으로 드러난 결과가 한일 및 한미 동맹 체결이었다.

서진철 관장이 미국과 손을 잡을 수 있었던 이유는 현성이 작성한 보고서를 기반으로 팬텀에 관련된 정보를 넘겨주었기 때문이다.

당초 서진철 관장은 전 세계에 정보를 공표하려고 했었다.

하지만 현성이 알아낸 정보는 너무 위험했다.

팬텀뿐만이 아니라, 그 너머 존재하는 이방자들과 신들에 대한 정보까지.

그 때문에 서진철 관장은 팬텀에 관한 정보만 일부 알려주었고, 이방자들이나 신들에 대한 정보는 미국에게만 넘겨주었다.

그리고 일본은 순순히 한국의 말을 따를 수밖에 없었다.

각 국에 존재하는 마법 협회 지부들은 국력의 한 축을 담당한다.

그런데 일본은 그 한 축이 사라지고 만 것이다.

어디 그뿐인가?

일본 지부는 국제법에서 금지한 온갖 불법적인 일들을 행해왔다. 거기다 마법 협회에서 공통의 적이라고 구분 짓고 있는 팬텀에 관한 정보도 숨기고 있었다.

까딱 잘못하면 일본이 사라져 버릴 수도 있는 일이었다.

하지만 마법 협회의 총본부가 있는 미국이 나서서 무마해 주었다. 그 대신 일본은 울며 겨자 먹기로 사실상 한국의 속국에 가까운 조건으로 동맹을 맺었다.

표면적으로는 파격적인 조건으로 동맹을 맺었다고 알려져 있지만 말이다.

물론 이 모든 일들은 세상에 알려지지 않고 조용히, 그리고 은밀하게 이루어졌다.

*　　　*　　　*

'드디어 돌아왔군.'

해가 완전히 저문 늦은 시각.

서진철 관장과 대화를 끝낸 현성은 집으로 돌아왔다.

일본에서 몇 일간 바쁘게 보낸 후, 집을 본 현성은 평안함과 안도감이 몰려왔다.

이래서 누가 뭐라고 해도 우리 집이 최고라는 말이 있는 모양이다.

현성은 집 안으로 들어갔다.

디지털 도어락이 달린 현관문을 열고 들어가자 집안에 있던 비상식량이 뛰어왔다.

"잘 지내고 있었냐, 라이코스."

"왈왈!"

시베리안 허스키 강아지, 아니 라이코스는 현성을 보자 반가운 듯 꼬리를 흔들었다.

"어? 오빠 벌써 왔어? 한 보름은 있는 다고 하지 않았나?"

뒤이어 현아가 거실에서 모습을 보이며 현성을 향해 다가왔다.

"일이 좀 생겨서 일찍 왔어."

현성이 일본 지부를 괴멸시켜 버리는 바람에 당초 예정보다 일찍 돌아왔다.

만약 현성이 보름을 꽉 채우고 한국으로 돌아왔다면, 말려죽어 있는 서진철 관장을 모습을 볼 수 있었을지도 모른다.

"부모님은?"

"아직 시장에 계시지. 조금 있으면 들어올 거야."

"그래?"

현성은 귀를 낮추며 뒹굴고 있는 라이코스를 쓰다듬어주며 대답했다.

"라이코스. 밥 먹자."

"왈!"

하지만 밥 먹자라는 말에 라이코스는 벌떡 일어나더니 현아한테로 가버렸다.

'아, 저 녀석 역시 밥 반찬으로 해먹던가 해야겠네.'

라이코스의 배신에 현성은 입맛을 다셨다.

"왈?"

순간 라이코스는 뒤를 돌아보았다가 고개를 갸웃거렸다.

하지만 이내 현아가 내미는 사료가 담긴 개밥그릇 속으로 돌진했다.

그리고 그날 저녁, 현성은 오랜만에 가족이 모여 저녁 식사 시간을 가졌다.

　　　　　*　　　*　　　*


　현성이 일본에서 한국으로 귀국한지도 며칠이 지났다.

　그동안 많은 일들이 생겼다.

　우선 현성은 영재 고등학교에 복학했으며, 이제 고등학교 3학년생이 되었다.

　그리고 인천 역사 유물 박물관은 일본 지부의 일이 일단락 지어가는 듯했다.

　한일 및 한미 동맹이 체결되었고, 미국 지부의 주도하에 현성을 찾는 자들도 없어졌다.

　물론 완전히 다 없어지지는 않고 아직 일부에서는 일본 지부를 괴멸시킨 마법사가 누군지 찾고 있는 모양이었다.

　하지만 그들은 미국과 한국 지부가 알아서 차단하고 있었기 때문에 현성은 비교적 평온한 일상을 보내고 있었다.


　어느덧 시간은 흘러 즐거운 일요일 오전.

　부모님들은 주말에도 쉬지 않고 시장에 장사하러 나가셨고, 현아는 자기 방에서 라이코스와 놀고 있었으며, 현성은 여유를 만끽하며 쉬고 있었다.

　"이거야 원 원래는 방학 때 이렇게 쉬어야 하는데 말이야."

　현성은 쓴웃음을 지었다.

이번 겨울 방학 내내, 마법 협회 일 때문에 바쁘게 보냈던 기억이 떠올랐던 것이다.

오히려 학교를 복학하고 나서야 현성은 여유롭게 쉴 수 있었다.

띵동!

그때 벨소리가 울려 퍼졌다.

"누구지?"

딱히 오늘 집에 오기로 한 사람이 없었기에 현성은 의아한 표정을 지었다.

현재 서유나는 아직도 일본에서 뒷수습을 하고 있었다. 그리고 최미현도 국정원에서 바쁜 일정을 보내고 있는 중이었다.

"지금 가요~"

거실에서 현아가 달려 나가며 확인하는 소리가 들렸다.

현성도 집에 누가 왔는지 확인하기 위해 방을 나섰다.

거실에는 이미 라이코스가 처음 보는 사람을 향해 짖고 있었다.

"효연이구나."

집에 찾아온 사람은 다름 아닌 남효연이었다.

그 말은 곧……

"굉장히 오랜만이야, 처남!"

남효연의 오빠인 남호걸도 함께 왔다는 소리!

남호걸은 반가운 기색을 보이며 현성에게 손을 흔들었다.

그것을 본 현성은 조용히 입을 열었다.

"현아야, 손님 가신단다. 배웅해 드려라."

"라이코스 출격!"

"왈왈!"

현성의 말에 현아가 남호걸을 향해 손가락을 가리키며 라이코스에게 명령을 내렸다.

그러자 라이코스는 귀엽게 짖으며 총총 걸음으로 남호걸을 향해 달려들었다.

"우와아앗! 뭐, 뭐야 웬 개새끼가!"

갑자기 현관문에서 라이코스가 뛰쳐나와 달려들자 남호걸은 화들짝 놀란 표정을 지었다.

왈왈, 짖는 라이코스 때문에 남호걸은 이도저도 못한 채 애매한 표정으로 현성을 바라봤다.

"귀여워."

그때 남효연이 라이코스를 향해 손을 내밀었다.

"끼이잉."

그러자 라이코스는 귀를 팍 내리며 쓰다듬어 달라는 듯 애교를 부리기 시작했다.

그 모습을 본 남호걸이 용기를 내고 라이코스에게 손을 내밀었다.

"왈왈! 으르릉!"

라이코스는 남호걸을 노려보며 사납게 짖었다.

"......"

'저 녀석은 분명 크게 될 놈이다.'

역시 유전자 조작으로 태어난 실험체답다고 해야 할까.

남자를 대할 때와 여자를 대할 때가 다른 라이코스의 태도에 현성은 입맛을 다셨다.

부르르.

순간 현성이 자신을 노리고 있다는 사실을 본능적으로 안 것일까.

남효연의 손길을 만끽하며 뒹굴던 라이코스가 한차례 몸을 떨었다.

라이코스가 크게 될 놈이 되기 전에, 현성이 라이코스를 된장에 처발라 먹는 게 더 빠르지 않을까 심히 걱정이 되지 않을 수 없었다.

"오늘은 무슨 일로 왔습니까?"

현성은 라이코스랑 같이 으르렁 거리고 있는 남호걸에게 말을 걸었다.

"가, 갑자기 찾아와서 죄송해요!"

하지만 대답은 다른 데서 들려왔다.

고개를 돌리니 얼굴을 붉히고 안절부절 못하는 남효연의 모습이 보였다.

"효연이면 언제든지 환영이지. 현아 친구잖아."

"아… 네."

현성의 말에 남효연은 뭔가 아쉬운 표정을 지었다.

"그럼 나도 괜찮겠네. 나는 네 형부니까."

"라이코스! 물어!"

"크앙!"

헛소리를 자꾸하던 남호걸은 기어코 라이코스에게 물리는 수모를 당했다.

"죄송해요, 죄송해요!"

그리고 옆에서 남효연은 현성에게 고개를 숙이며 사과했다.

그렇게 소란스러운 일요일 오전이 지나가고 있었다.


"그러니까 오디션에 합격했다고?"

"네……."

한바탕 소란이 끝나고 현성은 남효연으로부터 기쁜 소식을 듣게 되었다.

어렸을 때부터 남효연은 춤과 노래를 좋아했다. 그리고 재능도 있었다.

오디션에도 몇 번 나가 비록 붙지는 못했지만, 거의 간발의 차로 떨어졌었다.

당시 남효연이 중학생이었고, 합격자들은 대부분 20대 여성들이었으니까.

그것만 본다면 나쁘지 않았다.

그대로만 간다면 머지않아 오디션에 합격할 가능성이 높았다.

사실 몇몇 연예기획사에서 남효연을 키워보려고 말이 오고가던 그런 시절이었다.

하지만 일이 터졌다.

남효연이 뇌종양으로 쓰러져 버린 것이다.

그 때문에 남효연은 타의적으로 자신의 꿈을 접어야 했다. 아니, 꿈만이 아니라 제대로 살 수 있는 삶까지 박탈당했다고 여겼었다.

현성을 만나기 전까지는.

병원 의사들조차 고개를 흔들던 자신에게 현성은 다시 한 번 기회를 주었다.

그뿐만이 아니었다.

자신의 오빠인 남호걸의 이야기로는 집안을 괴롭히던 사채 빚까지 해결해 주었다지 않은가?

그녀에게 현성은 생명의 은인이었으며, 희망의 빛이었고, 이제는 선망의 대상이 되었다.

어느 샌가 남효연은 현성의 곁에 있고 싶다고 생각했다.

하지만…….

'그런 언니들이 있었다니…….'

혼혈 미녀인 서유나와 부러운 몸매의 소유자인 최미현.

그녀들을 만난 첫 날, 남효연은 결심했다. 연예인으로 성공해서 현성을 잡아보겠다는 앙큼한 흑심을 가진 것이다.

그날부터 열심히 노력한 남효연은 얼마 전 가수가 되기 위한 오디션에 당당히 합격했다.

자신의 꿈을 향해 한걸음 다가간 것이다.

"이, 이날 꼭 와주세요!"

남효연은 붉어진 얼굴로 현성에게 종이 한 장을 내밀었다.

"이건?"

현성은 그녀에게 내민 종이를 받아들었다.

"초, 초대장이에요! 이날 파티에 꼭 참석해 주세요!"

"초대장?"

현성은 남효연이 건네준 초대장을 바라봤다.

신성그룹에서 주최하는 파티 초대장이었다. 시일은 아직 많이 남아 있었고, 파티 날짜는 일요일이었다.

"제가 합격한 소속사의 스폰서인 신성그룹에서 파티를 한다고 해요. 그래서 이번에 사장님이 편의를 봐주셔서 저도 파티에 참석하게 되었거든요. 거기다 한 명 더 불러도 된다고 해서……."

"그래?"

남효연의 이야기를 들은 현성은 생각에 잠겼다.

이번에 남효연은 가수 오디션에 합격하고 연습생이 되었다.

아무리 오디션 합격자라고 하지만 스폰서에서 주최하는 파티에 가수 연습생을 참석시킨다라?

'괜한 생각인가?'

아주 잠깐 이상함을 느낀 현성이었지만 이내 그러려니 했다.

연예계 쪽이 어떻게 돌아가는지 잘 몰랐으니까.

'혹시 모르니 알아봐줘야겠군.'

"파티 가도록 할게. 초대해 줘서 고마워."

"정말요?"

현성의 말에 남효연은 화사하게 밝은 미소를 지으며 기뻐했다.

"나도 가고 싶었는데……."

옆에서 현아가 시무룩해진 표정으로 중얼거렸다.

"나도."

"끼이잉."

그 옆으로 남호걸과 라이코스도 시무룩해진 표정을 짓고 있었다.

"아… 미안."

뒤늦게 자신의 오빠와 현아를 챙겨주지 못한 남효연은 미안한 표정을 지었다.

하지만 현성이 파티에 참석해 준다는 사실에 남효연은 기쁜 표정을 감추지 못했다.

"그럼 오늘 우리 놀러가자!"

그때 현아가 눈을 반짝이며 소리쳤다.

뜬금없는 제안에 현성은 피곤한 표정을 지었다.

"난 오늘 집에서 쉬고 싶은……."

"유원지 콜!"

현성의 말허리를 자르며 우렁찬 목소리가 옆에서 들려왔다. 남호걸이었다.

"저, 저는 수족관에 가고 싶어요."

그 뒤를 이어 남효연이 현성의 눈치를 보면서 조심스럽게 말했다.

"나는 동물원!"

그리고 제일 먼저 놀자고 제안한 현아도 자기가 가고 싶은 곳을 소리치며 현성을 바라봤다.

반짝반짝 빛나는 세 명의 눈이 현성을 바라본다.

"끼잉?"

그때 라이코스가 현아의 다리에 앞발을 올리며 애절한 눈빛으로 쳐다봤다.

"집 지켜, 라이코스."

"컹!"

현아의 단호한 말에 라이코스는 비명 같은 소리로 한차례 짖더니 발라당 뒤집어졌다.

라이코스를 처리한 현아는 다시 반짝이는 눈으로 현성을

바라봤다.

"가면 되잖아, 가면."

결국 현아에게 진 현성은 한숨을 내쉬며 승낙했다.

그렇게 현성은 그날 해가 지기 전까지 이리저리 끌려 다니는 신세가 되고 말았다.

제 5 장
무기 밀매

다음 날, 아침.

피곤한 표정으로 현성은 학교에 가기 위해 현관문을 나섰다.

"지각하겠군."

시간은 꽤 늦어 있었다. 이미 현아는 현성을 버려두고 학교에 가버린 뒤였다.

한 차례 하품을 한 현성은 대문을 열고 나갔다.

"......"

집을 나선 순간, 그렇지 않아도 어제 남호걸과 현아에게 시달린 터라 피곤한 표정을 짓고 있던 현성은 한층 더 피곤한 표정을 지으며 눈앞에 있는 사람을 바라봤다.

"현성 군. 어젯밤에 뭘 했기에 표정이 그래요?"

현성의 눈앞에는 분명 지금쯤 국정원에서 바쁘게 보내고 있어야 할 최미현이 있었다.

"벌써 국정원에서의 일이 다 끝난 겁니까?"

"아뇨. 아직 많이 남아 있어요."

"그럼 왜 이런 곳에서 아까운 시간을 낭비하고 있습니까?"

"그야, 현성 군 보려고 왔죠."

다소 퉁명스러운 현성의 말투에도 최미현은 생글생글 웃었다. 그녀는 현성의 성격이 어떤지 이제 잘 알고 있었던 것이다.

"정말 그것뿐입니까?"

현성은 의심스러운 눈으로 그녀를 바라봤다.

서유나나, 최미현이나 둘 다 연예인 보다 예쁜 눈이 휘둥그레질 정도의 미녀들이긴 하지만, 그녀들이 얽혀들면 항상 무슨 일들이 터졌던 것이다.

"너무하네요, 현성 군. 바쁜 시간 쪼개서 데이트하려고 온 사람한테."

입가에 미소를 머금고 최미현은 현성을 가볍게 흘겨보면서 팔짱을 껴왔다.

부드러운 느낌과 향긋한 내음이 그녀에게서 느껴졌다.

"이른 아침부터 데이트라니요? 그리고 전 등교해야 되는

데요."

"현성 군. 학교가 중요해요? 아니면 제가 중요해요?"

'아니 이 여자가 무슨 당연한 소리를……'

대한민국에서 제정한 국가의무교육과 그녀 중에 과연 어느 쪽이 중요할까?

생각할 시간조차 아까운 질문이다.

"당연히 최미현 씨가 중요합니다."

"그렇죠?"

현성의 대답에 최미현은 아름다운 미소를 지으며 더욱더 몸을 붙여왔다.

현성에게 있어 학교는 그저 통과점에 지나지 않았다.

이미 현성의 지식은 고등학교 수준을 넘어선지 옛날이었고, 졸업장은 필요하다면 한국 지부를 통해서 얼마든지 받아낼 수 있었다.

그에 비해 국정원의 요원인 최미현이 더 중요했다.

'이런 것도 나쁘지 않고 말이야.'

현성은 작은 미소를 지었다.

최미현과 함께 팔짱을 길거리를 걷는 동안 주변 사람들이 다들 한 번씩 고개를 돌려봤다.

볼륨감 있는 몸매와 연예인 못지않은 최미현의 미모에 눈길이 간 것이다.

그리고 때때로 현성을 향해 부러움과 질투가 섞인 눈빛을 보내기도 했다.

하지만…….

"그래서 무슨 일입니까?"

현성은 거리를 걷다가 질문을 던졌다.

평일 아침에 국정원의 일을 뒤로하고 최미현이 단지 자신을 만나러 왔을 리 만무했다.

"역시… 알고 있었나요?"

현성의 말에 최미현은 쓴웃음을 지었다.

그녀가 현성을 보고 싶었던 건 사실이나, 목적도 있었던 것이다.

"최미현 씨가 일에 책임을 가지고 있다는 사실 정도는 잘 알고 있으니까요."

"현성 군에게는 역시 못 당하겠네요."

최미현은 항복한 표정을 지으며 한걸음 떨어지며 현성의 앞에 섰다.

"실은 현성 군에게 한 가지 부탁하고 싶은 게 있어요."

최미현은 진지한 표정으로 현성을 바라봤다.

현성은 직감적으로 중요한 일이 있다는 사실을 깨달았다.

"뭡니까?"

"최근 부산에서 일어나고 있는 사건에 대해 알고 있나요?"

"부산?"

최미현의 말에 현성은 의아한 표정을 지었다.

부산에서 무슨 일이 있었단 말인가?

"현성군. 뉴스 잘 안 보나 보죠? 최근 인터넷이나 뉴스에서 부산에서 일어난 사건 때문에 시끄러운데 말이에요."

"그렇습니까? 주로 수련을 하다 보니⋯⋯."

현성은 뒷머리를 긁으며 대답했다.

"최근 부산에서 총기 사건이 일어나고 있어요."

"총기 사건이요? 군부대에서 무슨 문제가 일어났습니까?"

"아뇨. 일반인들 사이에서 총기 살인 사건이 일어나고 있어요."

"일반인들이요?"

현성은 놀란 표정을 지었다.

군부대 총기 사건도 아니고 일반인들이 문제를 일으켰다니?

일반인들이 무슨 수로 총기를 소지한단 말인가?

"조직과 연관이 있습니까?"

"현재로서는 부산 조직과 연관이 없는 것 같아요."

"그럼⋯⋯."

"그것이⋯ 저희로서도 갈피를 잡지 못하고 있어요."

최미현은 어두운 표정으로 설명하기 시작했다.

현재 부산에서 총기 사건 발생 건수는 총 다섯 건.

그 와중에 다섯 명이 사망하고 두 명이 부상을 입었다고 한다.

거기다 사건을 일으킨 범인들은 평범한 사람들이었다.

회사원, 매장 직원, 공장 노동자 등등.

도저히 살인을 할 것 같지 않은 사람들이었으며, 범행에 서로 연관성도 없었다.

"범인들의 공통점이라면 두 가지가 있어요. 하나는 한국에서 엄격하게 규제하고 있는 총기를 사용한 점, 그리고 직장 상사에게 불만이 많던 사람들이었어요."

"그럼 중요한 총기는⋯⋯?"

"사용된 총기는 토가레프 TT—33. 범인들 모두 토가레프 권총을 사용했어요."

"토가레프라면 소련제 권총 아닙니까?"

"맞아요. 1930년대에 처음 만들어진 권총이죠."

"그럼 이번 일에 러시아가⋯⋯?"

"그건 알 수 없어요. 현재 토가레프 권총을 사용하는 국가는 러시아뿐만이 아니라 유럽이나, 중국, 아프간 등에서도 많이 사용하고 있으니까요. 이번에 회수된 토가레프 권총을 회수해서 분석해 봤지만 어디서 제조되었는지조차 알 수 없었어요."

"흠⋯⋯."

현성은 눈살을 찌푸리며 생각에 잠겼다.

한국에 출처불명의 총기가 흘러들어오고 있다.

그것도 조직들 간의 분쟁에 쓰이는 게 아니라 일반인들 사이에서 유통되고 있었다.

이 상황을 어떻게 생각해야 할까?

"범인들은 어떻게 총을 입수했다고 합니까?"

"그게……."

최미현의 표정이 흐릿해졌다.

"저희들도 토가레프 권총의 유통경로를 추적해 봤지만 도무지 알 수가 없었어요. 범인들의 말에 의하면 어느 인물에게 받았다고 하는데 말이 전부 다른지라……."

"말이 다르다?"

"예. 10대 초반의 아이에게 받았다는 범인도 있고, 20대 여성에게 받았다는 범인도 있고, 30대 후반의 사내에게 받았다는 범인도 있고, 40대 중년 여성에게 받았다는 범인도 있고, 할아버지에게 받았다는 범인도 있더군요."

"허……."

최미현의 말에 현성은 어이없는 표정을 지었다.

한국에서 엄격히 금지하고 있는 총기를 범인들은 다양한 인문들에게 전달 받은 게 아닌가?

'부산에서 무슨 일이 생기고 있는 거지?'

현성은 이번 총기 사건이 단순하지 않다고 생각했다.

'분명 누군가가 고의로 총기를 흘리고 있어.'

어떤 방법으로 총기를 유통시키고 있는지는 아직 알 수 없었지만, 무언가 목적이 있을 터.

"관장님도 우려하고 계세요. 이번 일이 무슨 전조가 아닐까 하면서……."

최미현은 걱정스러운 표정을 지었다.

"알겠습니다. 제가 한 번 알아보도록 하지요."

"정말요?"

최미현은 조금 전과 다르게 화사한 표정을 지으며 현성을 바라봤다.

그녀가 오늘 현성을 만나러 온 이유는 부산에서 일어나고 있는 사건을 해결해 달라고 부탁하기 위함이었다.

"그럼 전 이만 학교에……."

용무가 끝났다고 생각한 현성은 최미현에게서 몸을 돌렸다.

결국 오늘은 지각이라며 속으로 한숨을 내쉬면서.

꽉!

그때 나긋나긋한 손길에 현성의 오른팔이 붙잡혔다.

"현성 군? 오늘 저하고 무슨 약속을 했는지 벌써 잊으셨나요?"

"예?"

최미현의 갑작스러운 행동에 현성은 의아한 표정을 지었다.

"데이트하기로 했잖아요!"

최미현은 짐짓 화난 표정을 지으며 현성의 얼굴에 자신의 얼굴을 가져다댔다.

그녀의 숨소리가 바로 코앞에서 들려온다.

"오늘 절 보러 온 이유는 부산 사건 때문 아니었나요?"

"그건 그거고, 이건 이거죠."

최미현은 나이 맞지 않게 해맑은 미소를 지으며 대답했다.

"그리고 이미 학교 측에 이야기를 해놨어요. 오늘 하루 쉬어도 되요."

"……"

반짝반짝 눈을 빛내며 자신을 바라보는 최미현의 모습에 현성은 고개를 절레절레 흔들었다.

"데이트 코스는 이미 잡아뒀으니까 저만 믿고 따라오세요!"

최미현은 신이 나 있었다.

그녀의 최대 라이벌이라고 할 수 있는 서유나는 여전히 일본에 있었다.

물론 서유나 외에도 쿠레하나 남효연이라는 경쟁자가 더 있지만, 그녀들은 걱정거리가 아니었다.

쿠레하 또한 서유나와 함께 일본에 있었으며, 남효연은 아직 어렸으니까.

그리고 중요한 건 이 자리에 없다는 사실이었다.

또한, 시끄럽게 떠드는 시동생도 지금은 학교에 있을 터.

지금 이곳에는 최미현만이 있을 뿐이며, 아무도 그녀의 사랑을 방해할 인물도 없었다.

'어제에 이어 오늘도……'

현성은 한숨을 푹 내쉬었다.

신이 나서 떠드는 최미현의 얼굴을 보자니 거절하기 힘들었다.

아니, 더욱 큰 문제는 거절할 경우 이어질 후환이 두려웠다.

왜인지는 알 수 없었지만, 자신이 만약 거절할 경우 현아부터 시작해서 남효연, 서유나, 쿠레하가 서로 손을 잡고 자신을 들들들 볶을 것 같다는 불안감이 엄습해왔던 것이다.

8클래스를 마스터한 마법사의 예감은 의외로 적중률이 높다.

그 때문에 현성은 자신의 예감이 따르기로 마음먹었다.

그렇게 최미현은 현성의 팔짱을 끼고 이리저리 끌고 다니기 시작했다.

＊　　　＊　　　＊

다음 날 오전.

이제 막 3교시가 끝나고 휴식시간이 되자 현성은 짐을 싸기 시작했다.

"현성아, 너 왜 벌써 가방 싸고 있냐?"

"몸이 좀 안 좋아서. 이미 선생님한테 조퇴 허락 맡았어."

"와, 좋겠다. 벌써 집에 가고. 근데 몸이 안 좋아보이진 않는데. 얼굴색이 나보다 더 좋아 보여."

"콜록콜록!"

현성은 단짝 친구인 심재웅의 말에 헛기침을 흘렸다.

그걸 본 심재웅은 한마디 툭 던졌다.

"쇼한다."

그 말에 현성은 작은 목소리로 심재웅에게 소곤거렸다.

"내일 점심 피자빵."

"야, 현성아! 너 왜 이래? 머리에서 열이 불덩이처럼 나잖아!"

현성의 말에 심재웅은 호들갑을 떨었다.

거기에 현성은 진짜 몸이 안 좋은 것처럼 연기했다.

그렇게 교실 밖으로 나가고, 교문에 도착한 현성은 지친 표정을 지었다.

"이 짓도 참 하기 힘드네."

인천 역사 유물 박물관으로 위장하고 있는 마법 협회 한국 지부나 국정원을 통해서 학교 측에 말할 수 있겠지만, 반 친구들에게까지 그럴 수 없었다.

그래서 주변 친구들에게는 적당한 변명을 대고 빠져나와야 하는데 생각보다 어려웠다.

이번에야 피자빵을 미끼로 단짝 친구인 심재웅을 미끼로

썼지만 다음에는 어떻게 해야 할지 현성은 고개를 절레절레
흔들었다.

"아직도 안 왔네."

교문 앞에 선 현성은 눈살을 살짝 찌푸렸다.

원래대로라면 지금쯤 자신을 데려가기 위한 차가 대기하
고 있어야 했다.

하지만 그 어디에도 자신을 기다리는 차가 없었다.

부아아아앙!

그때 저쪽에서 미친 듯이 오르막길을 질주하며 다가오는
SM7 승용차 한 대가 있었다.

끼이이익!

SM7 승용차는 현성의 앞에서 딱 서더니 운전석 창문이 내
려갔다.

"헉헉! 늦어서 죄송합니다, 현성님!"

그곳에 마치 오르막길을 승용차가 아니라 직접 힘들게 달
려온 것처럼 보이는 이 대리가 있었다.

"오랜만입니다, 이 대리님?"

그런 그를 바라보며 현성은 씨익 웃어주었다.

그리고 이 대리의 고행은 시작되었다.

이 대리의 차를 타고 현성이 부산에 도착할 때까지 말이다.


*       *       *

쇠뿔도 단김에 빼라고, 현성은 최미현과 데이트를 보낸 다음 날 바로 부산으로 향했다.

집에는 부산에 사회 견학을 간다는 그럴듯한 이유를 대었다.

부모님들은 현성이 영재들만 다니고 있는 고등학교에 스카우트 되어 전학을 갔다는 사실에 마음을 놓고 있었다.

학교 측에서 직접 연락을 했기 때문에 걱정따위 없었다.

그렇게해서 현성은 이 대리의 SM7 승용차를 타고 편안하게 부산에 도착했다.

"수고했어, 이 대리."

"넵! 명령만 내려주십시오!"

인천에서 부산까지 약 다섯 시간 정도 타고 내려오면서 현성은 이 대리에게 정신 교육을 시켜놓았다.

그 결과 현성은 더 이상 이 대리에게 존댓말을 하지 않았다.

이 대리 또한 그런 현성의 태도에 신경을 쓰지 않는 것을 넘어서서 마치 직속상관을 대하는 것처럼 군기가 바짝 들린 모습을 보였다.

"그럼 먼저 올라가도록. 일이 끝나고 나면 다시 부르지."

"예!"

그 말을 끝으로 이 대리는 다시 장장 다섯 시간이 걸리는 인천까지 차를 몰고 갔다.

"그럼… 우선 약속 장소부터 가볼까?"

지금 현성이 있는 장소는 부산항 근처였다.

인천에서 부산으로 내려오기 전, 현성은 이미 최미현으로 부터 국정원의 직원과 만나기로 약속되어 있었다.

현성이 부산에 오기 전에 이미 국정원에서 수사원을 파견해 놓았던 것이다.

아직 수사원이 누구인지는 모르지만, 어디서 만날지 장소를 정해두고 있었다.

"시간은 아직 한 시간 정도 남았으니 천천히 가보면 되겠군."

약속 장소는 매나 현성이 있는 부산항 근처의 인적이 드문 곳이었다.

사람이 잘 오지 않는 폐 창고 근처에서 보기로 한 것이다.

현성은 약속 장소로 가기 위해 천천히 발걸음을 옮기기 시작했다.

*　　　*　　　*

약속 장소는 부산항 부두 근처의 컨테이너 박스가 몰려 있는 곳이었다.

자연스러운 몸놀림으로 사람들 몰래 잠입한 현성은 어느

덧 약속 장소에 도착했다.

"여기가 틀림없는데……."

현성은 주변을 둘러봤다. 사방은 국제 해상 운송용 컨테이너 화물 박스들로 막혀 있었다.

그리고 그 너머로 파도 소리와 차가운 바닷바람이 불어왔다.

겨울이 끝나가는 시점이었지만, 부산 앞바다는 꽤 추웠다.

"으으으……."

그때 현성의 귀에 신음 소리가 들려오는 게 아닌가?

신음 소리는 좀 떨어진 곳에서 들려왔다.

현성은 한걸음에 신음 소리가 들려온 곳으로 몸을 날렸다.

'흠.'

신음 소리가 들려온 곳에 도착한 현성은 무언가 잘못되었음을 느꼈다.

갈색 트렌치코트를 입고 있는 30대 후반의 사내가 쓰러져 있었던 것이다.

그리고 그는 다름 아닌 현성이 만나려고 했던 정보원이었다.

사내에게 다가간 현성은 깜짝 놀랐다. 배 부분이 검붉은 피로 얼룩져 있었으니까.

현성은 사내가 모르게 회복 마법을 사용하여 치료를 시작했다.

"괜찮습니까?"

"으으윽… 너, 너는……?"

회복 마법으로 정신을 차린 사내는 게슴츠레한 눈으로 현성을 바라봤다.

"인천 역사 유물 박물관에서 왔습니다. 대체 무슨 일이 있었던 겁니까?"

"자, 자네가 박물관에서?"

현성의 말에 사내는 놀란 표정을 지었다가 이내 얼굴을 찌푸리며 신음 소리를 흘렸다.

사내는 어렴풋이 느끼고 있었다.

자신에게 남겨져 있는 시간이 얼마 없다는 것을.

"브, 브로커를 조심해라. 그는 실체가 없……."

털썩.

사내는 차마 말을 끝내지 못하고 고개를 떨어뜨렸다.

"……"

현성은 여전히 두 눈을 부릅뜨고 있는 사내의 눈을 감겨주었다.

"부디 좋은 곳으로 가기를."

잠시 묵념한 현성은 자리에서 일어났다.

사내는 현성에게 그동안 조사해온 브로커에 대한 정보를 넘겨주기로 되어 있었다.

그런데 영문 모를 말만을 남기고 죽은 것이다.

'대체 누가……'

현성은 날카로운 눈빛으로 사내의 상처를 내려다봤다.

사내의 상처는 흉탄에 당해 생긴 흔적이었다.

그 말은 누군가에게 총기로 살해당했다는 뜻!

필시 총탄은 토가레프 TT—33 반자동 권총이리라.

"……?"

순간 현성은 낯선 인기척을 느꼈다.

'일반인? 아니!'

인기척은 도합 다섯!

움직임으로 볼 때 고도의 전문적인 훈련을 받은 요원들인 것 같았다.

처처척!

잠시 후, 현성을 에워싸듯 검은색 선글라스에 검은색 코트를 입은 사내 다섯 명이 나타났다.

"너희들은 누구냐?"

현성은 눈살을 찌푸리며 말했다.

그들로부터 진득한 살기가 흘러나오고 있었기 때문이다.

제 6 장
러시아 지부의 습격

'러시아인인가?

그리고 현성은 그들의 얼굴을 보고 한국인이 아니라 외국인이라는 사실을 알 수 있었다.

"……."

그들은 말없이 서로 눈짓을 교환했다.

배에 총상을 입고 쓰러져 있는 국정원 소속 정보원과, 정체를 알 수 없는 소년 한 명.

다섯 명 중 한 명이 현성을 바라보며 어눌한 목소리로 입을 열었다.

"너는, 봐서는, 안 될 것을, 보았다."

철컥!

40대 초반으로 보이는 러시아인이 현성을 향해 총을 겨눴다.

토가레프 TT-33 권총.

현재 부산에서 문제를 일으키고 있는 바로 그 권총이었다.

슈욱!

권총 특유의 총성 대신 바람 빠지는 듯한 소리가 파도 소리에 묻히며 울려 퍼졌다. 40대 초반의 사내가 꺼내든 토가레프 권총에는 소음기가 장착되어 있었다.

"......!"

그리고 다섯 명의 러시아인들은 놀란 표정으로 현성을 바라봤다. 40대 초반의 사내가 다짜고짜 쏜 흉탄은 현성의 손앞에서 불투명한 막에 가로막혀 있었던 것이다.

"이제는 내 차례인가?"

현성은 놀라고 있는 러시아인들을 향해 씩 미소를 지어 보였다.

"이, 이 녀석, 마법사다!"

"느려."

총탄을 막아낸 현성을 본 러시아인들은 대경한 표정을 지으며 한 걸음 물러섰다.

그 틈을 타 현성은 5클래스 마법을 시전했다.

"사일런스 필드(Silence Field)."

주변 일대에 소리가 흘러나가는 것을 막는 마법.

5클래스의 고위 마법이었지만, 러시아인들 중에서 그 사실을 알고 있는 자는 없어 보였다.

그도 그럴 수밖에 없는 것이 현대의 마법사들이 알고 있는 마법의 수도 많지 않았고, 고위 클래스의 마법들은 엄격히 관리하고 있었다.

거기다 어느 정도 규모가 큰 마법 협회 지부의 간부 정도는 되어야 고위 클래스 마법에 대해 조금이나마 알 수 있는 권한이 생긴다.

지금 현성의 앞에 있는 말단들은 모르는 게 당연했다.

그리고 그들은 자신들이 상대하고 있는 소년이 누구인지 모르는 듯했다.

혼자서 일본 지부를 괴멸시켰다는 한국인 마법사가 눈앞에 있는 소년이라는 사실을 알고 있었다면, 무모하게 싸움을 걸어오지 않았을 테니까.

"쇼크웨이브(Shock Wave)!"

현성은 자신에게 흉탄을 날린 40대 초반의 러시아인에게 달려들어 명치에 손바닥을 가져다대며 마법을 시전했다.

"크허어억!"

변변찮은 대응도 하지 못하고 명치에 마법이 적중당한 40대 초반의 러시아인은 비명과 함께 컨테이너 상자에 날아가 처박혔다.

"이, 이 자식!"

그러자 이번에는 20대 후반 정도에 혈기왕성해 보이는 청년 현성을 향해 토가레프 권총을 겨눴다.

"파이어 블릿(Fire Bullet)!"

콰앙!

토가레프 권총에서 새빨갛게 빛나는 마탄이 현성을 향해 쇄도해 왔다.

쉬이이익!

공기 중의 수분과 먼지를 태우며 다가오는 초고열탄.

자신에게 다가오는 붉은 흉탄을 바라보며 현성은 주먹을 단단히 꽉 틀어쥐었다.

"라이징 임팩트(Rising Impact)."

번쩍! 투캉!

하얀빛이 번쩍임과 동시에 현성의 주먹이 붉은 마탄을 쳐 냈다.

"이, 이럴 수가……."

20대 후반의 청년은 믿기지 않는 눈으로 현성을 바라봤다.

회심의 일격이 맨손에 튕겨나간 것이다.

"재미있군. 조금 전 네가 쓴 마법은 뭐지?"

현성은 흥미로운 표정을 지으며 러시아어로 20대 후반의 청년에게 말을 걸었다.

제일 처음 40대 초반의 사내가 한국어로 현성에게 말을 건

넨 이후, 러시아인들은 러시아어로 대화를 나누고 있었다.

그리고 이미 현성은 마법 수련을 시작하면서 암기력과 이해력이 높아져 있는 상태였다.

그 덕분에 언어 습득도 빨라 현재 영어, 일본어, 러시아어, 중국어, 독일어, 불어까지 기본적인 회화가 가능했다.

"절대 살려둬서는 안 되겠군."

러시아인들 중에서 가장 나이가 많아 보이는 40대 후반의 사내가 굳은 표정으로 중얼거렸다.

철컥철컥철컥!

그러자 나머지 세 명이 움직이기 시작했다.

그들은 거리를 벌리며 토가레프 권총을 현성에게 겨눴다.

"윈드 블릿(Wind Bullet)!"

"아이스 블릿(Ice Bullet)!"

"파이어 블릿(Fire Bullet)!"

"이레이저 블릿(Eraser Bullet)!"

처음 현성에게 당한 40대 초반의 사내를 제외하고 나머지 네 명이 순차적으로 현성을 향해 총탄을 날렸다.

그들은 마법을 시전할 때면 영어를 썼다.

그리고 그들은 일반적인 총탄이 아니라 마력이 깃든 마탄을 날렸다.

각각의 속성을 가지고 있는 흉탄(凶彈)들.

그중 이레이저 블릿은 토가레프의 총구에서 한줄기 빛이

섬광처럼 현성을 덮쳤다.

"루스터 실드(luster shield)!"

하지만 눈부신 백색섬광에 직격 당하기 전에 현성은 6클래스 방어 마법을 발동시켰다.

화려하게 빛나는 하얀 방패가 현성을 수호하기 위해 나타난 것이다.

쾅! 콰쾅! 콰콰쾅!

순차적으로 러시아인들이 쏜 마탄들이 빛의 방패를 두들겼다.

하지만 빛의 방패에는 흠집 하나 나지 않았다.

러시아인들이 권총을 이용한 특이한 마법을 사용하고 있지만 위력은 3클래스 정도였다.

일반적인 마법사가 상대였다면 굉장히 위협적이었을 테지만, 현성에게는 아니었다.

"하, 합동 공격으로도 안 되는 것인가?"

40대 후반의 사내는 경악한 표정으로 현성을 바라봤다.

그 순간, 현성의 모습이 사라졌다.

"반응이 느리군."

어느 틈엔가 현성은 그들의 뒤로 이동해 있었다.

"서, 설마 이건 공간이동 마법?"

단거리 공간 이동이 가능한 블링크는 3클래스 마법이다.

하지만 공간계열 마법은 실행하기가 워낙 까다로워 3서클을 마스터한 마법사도 제대로 사용하지 못한다.

하급 마법들 중에서도 고난이도를 자랑하는 마법이기 때문이다.

그런 마법을 아무렇지 않게 사용하며 자신들의 뒤를 잡다니!

"이런 젠… 크악!"

40대 후반의 사내는 말을 채 끝맺지 못하고 비명을 질렀다.

재빠르게 현성을 향해 토가레프의 총구를 겨누려고 했지만, 그전에 현성의 공격이 먼저 들어갔던 것이다.

"이놈이!"

40대 후반의 사내가 피를 토하며 주저앉자, 나머지 세 명이 현성에게 총구를 겨눴다.

"어, 어디로 간 거야?"

하지만 이미 현성은 그 자리에 없었다.

"여기다."

"헉……!"

등 뒤에서 들려오는 싸늘한 목소리에 20대 후반의 러시아인은 숨을 삼켰다.

"라이트닝 임팩트(Lightning Impact)."

쾅!

"크아아아악!"

20대 후반의 러시아인 청년은 등이 역으로 꺾이며 나가떨어졌다. 그리고 바닥에 쓰러진 채 움찔움찔거리며 꼼작도 하지 못했다.

"다음은……."

현성은 아직 남아 있는 나머지 두 명의 러시아인을 노려봤다. 그들은 둘 다 30대로 보였으며 다부진 인상의 소유자들이었다.

마지막으로 남은 러시아인 두 명은 서로 눈짓을 교환했다.

그들은 현성을 당해낼 수 없다는 사실을 알고 있었다.

그리고 상대는 단거리 공간 이동 마법을 자유롭게 사용하는 마법사. 분명 도망도 칠 수 없으리라.

나머지 두 명은 현성을 바라보며 결연한 표정을 지었다.

으득!

"끄어어억!"

순간 그들의 상태가 변했다.

갑자기 눈을 뒤집고 입가에 게거품을 물기 시작한 것이다.

"헛!"

그 모습에 놀란 현성은 다급하게 그들에게 다가갔다.

그리고 낭패한 표정을 지었다.

이미 그들의 얼굴이 새파랗게 질린 채 죽어버렸던 것이다.

"독을 먹은 건가? 난처하게 됐군."

현성은 눈살을 찌푸렸다.

그리고 자신을 습격을 러시아인들을 내려다보며 생각에 잠겼다.

틀림없었다.

현재 부산에서 발생하고 있는 총기 사건에 분명 러시아가 개입되어 있었다.

그뿐만이 아니라, 자신이 상대한 러시아인들은 평범한 인간들이 아니었다.

마법사.

분명 마법 협회 러시아 지부의 마법사들일 터.

"대체 무슨 목적으로?"

일본 지부를 괴멸시킨 보복인 것일까?

아니면 일본 지부가 가지고 있던 정보를 전부 공개하지 않은 이유 때문에 경고를 하고 있는 것일까?

"흠. 분명 러시아에도 상당한 정보를 넘겨주었다고 들었었는데……."

서진철 관장은 마법 협회 본부가 있는 미국과 손을 잡고 정보를 공개했다.

물론 완전 공개를 한 것은 아니었지만, 그것만으로도 충분히 큰 도움이 될 만한 정보들이었다.

하지만 그러한 행동을 러시아는 좋지 않게 보고 있었다.

미국과 손을 잡았다는 사실만으로도 러시아 입장에서는 한국 지부가 좋게 보일 리 없었다.

그 때문에 서진철 관장은 따로 러시아에 중요 기밀 정보 일부를 넘겨주었다.

그것은 서진철 관장이 미국과 담판을 지은 다음, 향후 팬텀과의 대결에 도움이 될 거라는 판단하에 정보를 넘겼었다.

하지만 설마 러시아에서 한국을 상대로 이런 일을 벌일 줄이야!

"이놈들을 족쳐 보면 알 수 있겠지."

현성은 아직 살아 있는 나머지 러시아 3인을 싸늘한 눈으로 내려다봤다.

*          *          *

부산항 근처에 있는 빈 컨테이너 화물 상자 안.

현성은 국정원의 정보원과 만나기로 한 장소에서 조금 떨어진 빈 컨테이너 화물 상자를 발견했다.

일단 그곳으로 러시아인 다섯 명과 정보원을 옮겼다.

정보원과 러시아인 두 명은 시신이 되고 말았지만, 나머지 러시아 세 명은 아니었다.

현성이 손속에 정을 두었기에 죽지는 않았다.

현성은 그들을 컨테이너 벽에 묶어 두었다.

그리고 기절한 채 쓰러져 있는 러시아인들 중 20대 후반의 청년을 내려다보더니 마법을 시전했다.

"워터 볼(Water Ball)."

그러자 20대 후반의 청년의 머리에 물로 이루어진 공이 나타났다.

"으읍!"

얼마 지나지 않아 20대 후반의 청년이 놀란 표정을 지으며 정신을 차렸다.

딱! 촤악!

그 모습을 본 현성이 손가락을 마주치자 워터볼은 단순한 물이 되어 청년의 몸 위로 쏟아져 내렸다.

"정신을 차렸나?"

"여, 여긴 대체……?"

"아직 정신을 못 차렸나 보군."

비몽사몽 하는 청년의 모습에 현성은 혀를 찼다.

짝! 짝!

"으윽!"

청년의 뺨을 좌우로 후려치자 그제야 정신이 돌아오는 모양이었다.

"네, 네놈!"

자신의 뺨을 사정없이 후려치는 현성을 청년은 잡아먹을 듯이 노려봤다.

그런 청년을 무시하며 현성은 단도직입적으로 질문을 던졌다.

"브로커는 어디에 있나?"

"모른다."

"모르긴 무슨. 마법 협회 러시아 지부의 마법사가 모르면 대체 누가 알겠나?"

"……!"

현성의 말에 청년은 놀란 표정을 지었다.

설마 자신들의 정체를 알고 있었을 줄이야!

"뭘 그렇게 놀라나. 조금만 생각해 보면 누구나 다 알 수 있는 일 아닌가?"

"…….."

현성은 피식 웃으며 말했고, 청년은 침묵했다.

자신들은 러시아어로 대화를 나누고 마법을 사용하는 모습을 현성에게 보였다.

그럼 당연히 누구나 자신들이 러시아의 마법사들로 생각할 것이다.

"사소한 건 넘어가도록 하고, 브로커는 어디에 있지? 그리고 네놈들의 목적은?"

현성은 날카로운 눈으로 청년을 노려봤다.

그 눈빛에 청년은 침을 꿀꺽 삼켰다.

청년도 바보는 아니다.

눈앞에 있는 소년은 러시아 지부의 마법사 다섯 명이 덤벼들었지만 되려 당했다.

그리고 지금 자신의 몰골은 어떠한가?

양손은 벽면에 결박된 채 움직이지도 못하는 상황이었다.

분명 자신을 통해서 정보를 캐내려고 할 터.

그렇다면 남은 건, 둘 중 하나뿐.

순순히 눈앞의 소년에게 협력을 하든가, 아니면 국가에 충성을 보이든가.

하지만 선택은 이미 정해져 있는 것과 다름없었다.

청년을 비롯한 나머지 러시아인들은 조국을 자랑스럽게 생각하며 자신들이 하는 일에 일말의 의심을 가지지 않았다.

'모든 것은 조국을 위해서!'

그들은 마법 협회 러시아 지부의 마법사이기도 했지만, 충성심 높은 러시아 정부의 FSB(Federal Security Bureau : 러시아 연방 보안국) 소속 비밀 요원들이었던 것이다.

청년은 결연한 표정으로 두 눈을 감으며 어금니를 꽉 깨물었다.

"······?"

얼마나 시간이 흘렀을까.

청년은 의아한 표정을 지었다.

지금쯤이면 죽어도 몇 번은 죽었어야 했다.

하지만 멀쩡히 살아 있는 게 아닌가?

"자살할 생각이면 버려라. 이미 네놈 어금니에 있던 독 캡슐은 제거해 뒀으니까."

"어, 어떻게?"

자신의 어금니에 독 캡슐이 있다는 사실을 눈앞에 있는 소년이 알고 있는 것일까?

청년의 말에 현성은 컨테이너 바닥으로 시선을 옮겼다.

그곳에 30대로 보이는 러시아인 두 명이 새파란 표정으로 죽어 있었다.

"이미 독 캡슐을 깨물고 자살한 자들이 있었으니까."

"크윽……."

청년은 어금니를 깨물며 한때 자신의 동료였던 요원들을 바라봤다.

임무 때문에 만난 사이였지만, 다들 자신처럼 조국에 한 몸을 바치려던 고귀한 정신의 소유자들이었다.

그런데 자신보다 먼저 가버리다니!

"죽여라!"

청년은 현성을 바라보며 소리쳤다.

이미 자신보다 먼저 희생한 동료들이 있었다.

지금의 그는 죽음조차 두렵지 않았다.

"싫은데."

"나는 네놈에게 단 한마디도 할 말이 없다!"

"아니, 너는 할 말이 많아야 할 거야."

현성은 싸늘한 눈빛으로 청년을 노려봤다.

이미 자살한 동료를 바라보는 그의 눈에서 연민의 빛이 있는 모습을 보았다. 그리고 자신의 조국에 대한 믿음과 신뢰가 있는 모습을 보았다.

하지만…….

"네놈들 때문에 부산에서 무슨 일이 일어나고 있는지 모르진 않을 테니까."

현성은 싸늘한 눈빛으로 청년을 노려봤다.

현재 부산에서 벌어지고 있는 총기 사건 때문에 사상자까지 나왔다.

이번 일을 일으키고 있는 브로커 놈을 잡지 않으면 앞으로도 계속 사상자가 나올지도 모르는 일이었다.

그리고 그 일에는 지금 눈앞에 있는 러시아 녀석들이 연관이 있을 터.

현성은 다시 한 번 러시아인 청년을 싸늘한 눈으로 노려보며 입을 열었다.

"브로커는 어디에 있나?"

"……."

하지만 러시아인 청년은 얼굴을 찌푸리며 침묵하고 있을 뿐이었다.

"아무래도 말로 해서는 안 되겠군."

현성은 청년을 바라보며 피식 쓴웃음을 지어 보였다.

"물은 답을 알고 있다, 라는 말을 알고 있나?"

물은 답을 알고 있다, 라는 말은 일본에서 나왔다.

일본인 작가가 물은 답을 알고 있다, 라는 제목으로 책을 냈던 것이다.

책의 내용은 좋은 말을 했을 때와 나쁜 말을 했을 때 물의 결정이 달라진다고 한다.

좋은 말을 했을 때는 물 분자가 완전한 육각형을 이루고, 나쁜 말을 했을 때는 물 분자가 불규칙적인 모습을 이룬다.

이에 대한 정확한 과학적 근거가 부족해 진실성 여부에 대해서는 여전히 말이 많았다.

하지만 지금 현성이 말하는 물은 답을 알고 있다는 의미는 일본인이 지은 책과는 관계가 없다고 볼 수 있었다.

"워터 볼(Water Ball)."

현성은 1클래스 마법 시전했다.

그러자 청년의 머리에 물로 이루어진 구가 나타났다.

"으으읍!"

갑작스럽게 나타난 워터 볼에 청년은 놀란 표정으로 숨을 참았다.

숨을 쉴 수 없었기에 발버둥을 치며 워터 볼에서 벗어나려고 했지만, 워터 볼은 청년의 머리 전체를 감싸며 떨어질 기미가 보이지 않았다.

뽀르르.

청년의 입에서 잔거품이 올라왔다.

그때 현성은 손을 마주쳤다.

따악!

"허억! 허억!"

현성이 워터 볼을 해제하자 청년은 다급하게 숨을 몰아쉬며 부족한 산소를 보충하기 시작했다.

"어때? 이제 물이 답을 알고 있을 것 같지 않나?"

"내가 이런 고문에 넘어갈 것 같……."

"워터 볼(Water Ball)."

현성은 청년의 말이 채 끝나기도 전에 다시 마법을 시전했다.

"으읍!"

머리 부분에만 물로 이루어진 구가 생겨나 감쌀 뿐인데도 청년은 마치 물에 빠진 사람처럼 허우적거렸다.

그런 청년을 차가운 눈으로 노려보며 현성은 조용한 목소리로 말했다.

"네가 이길지 내가 이길지 어디 한번 해보도록 하지. 너 말고도 아직 두 명은 더 남아 있으니까 말이야."

차갑게 느껴지는 워터 볼보다 더욱 더 싸늘한 현성의 말에 청년은 자기도 모르게 몸을 부르르 떨었다.

제 7 장
함정

부산에 있는 어느 한 중학교.

하교 시간이라 삼삼오오 짝을 짓고 중학생들이 집으로 돌아가고 있는 중이었다.

"야, 최승철. 너 우리 좀 따라와라."

그리고 자기들 딴에는 인상을 쓰며 왜소해 보이는 아이 하나를 으슥한 골목길로 끌고 가려고 하는 중학생 세 명이 있었다.

최승철이라고 불린 왜소한 아이는 겁에 질린 표정으로 묵묵히 그들을 따랐다.

그들 모두 같은 중학교의 학생들이었다.

"천수야. 이 새끼 어떻게 해야 좋겠냐?"

"그러게. 새끼가 돈 좀 갖고 다닐 것이지 이젠 지갑도 안 들고 다니네, 아오 열 받아."

천수라고 불린 중학생은 왜소해 보이는 최승철을 짜증나는 눈초리로 노려봤다.

그리고 주변에 있던 자신의 친구를 바라보며 말했다.

"야야, 대산아. 이 새끼 지금 눈알 굴리는 거 봐. 확 그냥 눈탱이 밤탱이로 만들어 버릴라."

"냅둬. 그보다 영필아. 이쪽 길 맞냐?"

"어. 이제 거의 다 왔어."

중학생 세 명은 잡아먹을 것 같은 눈초리로 최승철을 바라봤다.

"이쯤이면 되겠네."

그들은 어느덧 한적한 골목길에 들어섰다.

높은 담벼락에 아직 낮인데도 지나다니는 개새끼 한 마리조차도 없었다.

"올 장영필이. 용케 이런 장소를 알았네?"

중학생들은 골목길에 들어선지 얼마 지나지 않아 집과 집 사이의 틈이 있는 장소에 도착했다.

"좀 돌아다니다 보니 보이더라."

"잘 됐네. 그치, 승철아?"

그들 세 명은 최승철을 노려봤다.

이 장소까지 최승철은 그들에게 팔짱을 끼인 채로 끌려왔다.

누가 보면 친한 친구들이라고 생각하지 않을까?

"야, 이 새끼야!"

퍽!

인적이 드문 장소에 도착하자마자 천수와 대산, 그리고 대필이는 바로 본색을 드러냈다.

덩치가 셋 중에서 가장 큰 대산이가 다짜고짜 최승철의 배를 밀어차며 넘어뜨렸던 것이다.

"억!"

갑작스러운 상황에 최승철은 바로 밀려 쓰러졌다. 그리고 배를 움켜잡으며 죽을 것 같은 표정으로 끙끙거렸다.

"하, 새끼. 연기력 돋네."

"여기가 헐리우드냐? 시발 놈아?"

그것을 본 천수와 영필은 나름 인상을 험악하게 쓰면서 말했다. 조금 전 대필이는 가볍게 최승철의 배를 밀어 찼다.

배에 타격을 주는 게 목적이 아니라 넘어뜨리는 게 목적이었다. 그렇기 때문에 생각보다 그리 많이 아플 리 없었다.

물론 아프기야 아프다.

하지만 지금부터 시작될 저 세 놈들의 린치에 비하면 아픈 축에도 속하지 않는다.

그럼에도 최승철은 최대한 죽을 것 같은 표정을 지으며 신음을 흘렸다.

'이렇게라도 해야지 세 대 맞을 걸 한 대만 맞고 끝나지.'

의외로 이런 최승철의 생각은 세 놈에게 꽤 먹혀든 적이 많았다.

그 때문에 생긴 최승철의 별명은 약골.

잘못 때렸다가, 진짜 잘못되기라도 하면 세 명에게 있어서도 문제가 되니 말이다.

"아, 이 새끼 또 아픈 척 지랄하네."

퍽! 퍽!

하지만 이번에는 오히려 역효과를 불러온 모양이었다.

그동안 세 놈들도 최승철의 의도에 당했다고 생각했는지 오늘은 아주 작정하고 발로 걷어차기 시작했다.

"억! 악!"

최승철은 최대한 몸을 동그랗게 말며 녀석들의 발길질을 견뎠다.

'시발……! 내가 왜 이런 놈들한테!'

최승철은 속으로 욕을 내뱉으며 눈물을 흘렸다.

아프기도 아프지만, 저놈들에게 이렇게 맞고 있어야 한다는 사실이 분하고 억울했다.

"이 새끼야. 그러게 왜 꼼수를 부려? 돈이 없긴 개뿔. 우리가 네놈 집이 얼마나 잘 사는지 알고 있는데."

"순순히 돈을 내놓는다면 유혈사태는 일어나지 않는다. 알겠냐?"

"귓구멍에 잘 새겨들어라, 이 헐리우드 새끼야."

퍽!

마지막으로 천수가 한마디 하며 최승철의 등을 발로 찼다.

"야, 최승철이. 오늘 있었던 일 말하면 알지?"

"내일은 5만 원이다. 5만 원 안 들고 오면 그냥 확!"

"그리고 시발 집안에 돈도 많은 새끼가 왜 이렇게 비루먹은 개새끼마냥 비실비실하냐. 밥 좀 챙겨먹고 살 좀 쪄라. 그래야 우리도 때리는 맛이 나지."

"으, 응⋯⋯."

그들의 말에 최승철은 고개를 주억거렸다.

분위기상 오늘의 린치는 끝났다는 것을 알 수 있었기 때문이다.

'내일 돈은 어떻게 마련하지⋯⋯.'

그리고 벌써부터 최승철은 자괴감과 함께 불안감을 느끼기 시작했다.

최승철은 즐겁고 활기찬 내일이 오는 것까지 바라지 않았다.

그저 평범하고 아무 일 없는 내일이 오기를 바랄 뿐이다.

하지만 눈앞에 있는 저 세 명들 때문에 최승철은 하루하루가 고역이고, 내일이 오는 것이 싫었다.

지금 당장만 봐도 내일이 되면 저들은 자신에게 돈 5만 원을 받으러 올 것이다.

그때 돈이 준비되어 있지 않다면 또 오늘 같은 일이 일어나겠지. 거기다 분명 오늘보다 더한 린치가 가해질 것이다.

이전까지는 그래도 학교 으슥한 곳에서 욕을 얻어먹거나 한두 대 맞는 정도로 끝났지만, 오늘은 학교에서 꽤 떨어진 으슥한 골목길에 끌려와서 맞을 정도이니 말이다.

"그럼 우리 간다."

"5만 원이다. 5만 원 아니면 그냥 확 조져 버린다. 알았냐?"

그 말들을 남기고 그들은 최승철을 남겨두고 떠나갔다.

홀로 남겨진 최승철은 말없이 눈물을 뚝뚝 흘리며 자리에서 일어났다.

"아야."

자리에서 일어나다가 최승철은 왼쪽 다리를 쩔뚝거렸다.

온몸이 쑤시고 아프지 않은 데가 없었다.

"시발. 개 같네……."

대체 지금까지 저 세 놈들에게 뜯긴 돈만 얼마일까.

거의 백만 원 정도는 다되어가지 않을까?

이미 최승철이가 받던 용돈은 바닥난 지 오래였다.

그리고 부족한 돈들은 집에다가 참고서를 사야 된다니, 책을 사야 된다니 하면서 받아냈다.

하지만 그것도 이제 한계였다.

그래서 오늘 돈이 없다고 지갑 째로 갖고 오지 않았다가,
꼼수 부린다고 집단 린치를 당한 것이다.

"하아, 죽고 싶다……."

최승철은 한숨을 내쉬며 중얼거렸다.

분명 이대로라면 저들은 계속 자신에게 돈을 요구하고, 괴
롭히리라.

"죽고 싶다라… 아직 나이도 어리면서 그런 생각을 못 쓰
지."

그때 갑자기 최승철의 귀에 달콤한 여성의 목소리가 들려
왔다. 목소리는 유창한 한국어였다.

화들짝 놀란 최승철은 여성의 목소리가 들려온 곳을 향해
시선을 옮겼다.

'아, 예쁘다…….'

최승철은 넋이 빠진 얼굴로 자신의 눈앞에 있는 여인을 바
라봤다.

나이는 한 서른은 되었을까.

여인은 한국인이 아니라 외국인이었다.

그리고 눈부신 금발에 이목구비가 뚜렷한 미녀였다.

거기다 그녀는 어째서인지 라이딩 슈트를 입은 채 지퍼를
길게 내려 입고 있었다.

그 덕분에 그녀의 풍만하고 볼륨감이 넘치는 가슴골이 훤
히 들여다보였다.

'아…….'

훤히 드러나 보이는 그녀의 풍만한 가슴골을 본 최승철은 얼굴을 붉히며 고개를 돌렸다.

"흐응. 봤구나."

그 모습에 미녀는 부드러운 미소를 지으며 최승철의 머리를 잡아다 끌어당겼다.

"아, 아니 저기……."

"싫어?"

"시, 싫진 않지만. 저기……."

달콤한 향기와 얼굴에 느껴지는 부드러운 느낌.

부드러운 미녀의 가슴에 얼굴을 묻은 최승철은 사고가 점점 마비 되어가고 있었다.

'아, 이대로 계속 있고 싶다.'

최승철은 가볍게 저항을 하다가 결국 갑자기 나타난 미녀의 부드러운 품속에 침몰했다.

미녀는 최승철이 조용히 있자 입가에 요사스러운 미소를 지었다.

"조금 전에 있었던 일 전부 보고 있었어."

"예?"

갑작스러운 그녀의 말에 최승철은 얼굴을 붉혔다.

그놈들에게 당하던 모습을 그녀가 봤다는 생각에 부끄러워졌던 것이다.

"분하지 않았어?"

"그야 당연히 분하죠."

"그럼 왜 가만히 있었던 거야?"

"……."

그 말에 최승철은 잠시 침묵했다.

지금까지 그놈들에게 당한 걸 생각하면 억울하고 분통이 터지지 않을 수 없었다.

하지만 자신은 그들에게 대들 수 없었다.

왜냐하면,

"힘이 없으니까요."

"그럼 너는 힘을 원하니?"

"예."

최승철의 대답에 미녀는 한걸음 물러났다.

그리고 건물 그늘 속에서 요사스럽게 빛나는 붉은 눈으로 최승철을 바라봤다.

최승철은 그녀의 눈빛에 조금씩 빠져 들어가고 있었다.

"그럼 내가 너에게 힘을 줄게."

"힘이요?"

"그래."

그녀는 최승철을 향해 손을 내밀었다.

그런 그녀의 손에는 '힘'이 들려 있었다.

토카레프 TT—33 반자동 권총.

"이걸로 네가 하고 싶은 일을 마음껏 하도록 하렴."

"예."

그녀의 말에 최승철은 의문도, 의심도 하지 않고 권총을 받아 들였다.

이미 최승철의 눈에는 빛이 사라져 있었다.

마치 이지가 상실된 것처럼.

그녀는 미색을 이용하여 최승철의 마음을 흔들어 놓았다.

지금의 최승철은 마치 최면에라도 걸린 것 같은 황홀한 표정으로 그녀를 바라보고 있었다.

그런 최승철을 그녀 또한 마주 바라보며 요염한 미소를 지어 보였다.

*　　　*　　　*

"흠. 이곳인가?"

지금 현성은 브로커가 있다는 부산의 한 허름한 폐건물에 도착해 있었다.

러시아인 청년을 물고문한 끝에 현성은 브로커가 있다는 장소를 알아냈다.

청년을 심문하면서 정신계열 마법을 사용하여 알아낼 수도 있었지만, 그렇게 할 경우 청년은 폐인이 되고 만다.

그리고 이후 마법 협회 러시아 지부의 마법사들이 이용가치가 있을 거라는 생각에 인질로 잡아둘 작정이었다.

'인질은 많으면 많을수록 좋은 법이지.'

또한, 청년은 의외로 순순히 정보를 실토했다.

그가 말한 정보가 거짓이 아니라는 사실을 현성은 느낄 수 있었다.

순순히 정보를 이야기 해준 상황에서 마인드 스캔 마법을 사용할 필요까지는 없을 터.

그렇게 생각한 현성은 청년을 다시 기절시키고 컨테이너 화물용 상자에 처박아 두었다.

그리고 이곳으로 오기 전 최미현에게 중간보고를 한 후, 국정원의 정보원과 러시아 지부의 마법사들에 대한 뒷수습을 부탁했다.

머지않아 최미현을 필두로 국정원 직원들과 한국 지부 마법사들도 부산에 내려올 것이다.

마법 협회 러시아 지부의 마법사들이 이번 일에 얽혀 있었으니까.

"그런데 이거 영 느낌이 좋지 않군."

현성은 어둑어둑 해지는 저녁노을 속에 우뚝 서 있는 폐건물을 바라보며 눈살을 찌푸렸다.

어째 느낌이 오래전, 뉴 엘리트파의 은신처를 보는 것 같았기 때문이다.

현성은 거침없이 폐건물 안으로 들어갔다.

폐건물 내부는 조용했다.

마치 아무도 없는 것처럼.

"……?"

폐건물의 2층으로 올라온 순간 현성은 눈살을 찌푸렸다.

코를 덮쳐오는 비릿한 냄새와 초연의 향기.

그리고 주변에 감돌고 있는 끈적끈적한 살기까지.

"이자들은 뭐지?"

현성은 눈살을 찌푸리며 바닥을 내려다봤다.

주황색으로 저물어가는 저녁노을빛 아래에 피바다가 펼쳐져 있었다.

검붉은 피와 시체들의 산.

시체들은 마치 무언가에 할퀴어져 옷가지가 찢겨져 나가 있었다. 그 덕분에 찢겨진 옷 너머로 용문신이 보였다.

"어딘가의 조직원들인가? 무엇에 이리 당한 거지?"

현성은 눈앞의 광경과 풍겨오는 피 냄새에 얼굴을 찌푸리며 주변을 살폈다.

바닥 이곳저곳에 토가레프 권총이 나뒹굴고 있는 모습이 보인다. 또한 자세히 살펴보니 바닥에는 탄피가 떨어져 있었고, 벽에는 총알 구멍과 무언가가 할퀴고 지나간 자리가 선명하게 남아 있었다.

"대체 이곳에서 무슨 일이……?"

아무래도 이곳은 뉴 엘리트파처럼 어느 조직의 비밀 아지

트인 모양이었다.

피바다 속에 쓰러져 있는 시체들은 어느 조직의 조직원들로 현성을 손봐줄 인물들이었을 것이다.

러시아인 청년이 거짓말을 한 것인지, 아니면 브로커가 사전에 자신을 쫓는 인물을 위해 함정을 파놓은 것인지 알 수 없었지만, 본래대로라면 피바다 속에 쓰러져 있는 시체들, 즉 어딘가의 조직원들이 현성을 습격했어야 했다.

그런데 그 조직원들이 이미 무언가에게 당해 있었던 것이다.

키아아아아!

"⋯⋯!"

그때 무언가가 포효하는 소리가 들려왔다.

괴성은 점점 현성이 있는 곳으로 가까워졌다. 그리고 그와 동시에 건물이 울렸다.

콰아앙!

현성이 있는 장소에서 정면 쪽에 위치한 문이 폭발하듯 튕겨져 날아왔다.

그리고 그 너머로 조직원들을 피바다로 만든 무언가가 옆으로 길게 늘어져 있는 핏빛 노을 속에서 모습을 드러냈다.

"으음."

그것을 본 현성은 가볍게 신음성을 흘렸다.

부산에서 절대 볼 수 없는 기괴한 생명체가 그곳에 있었기 때문이다.

*      *      *

"어디서 이런 괴물이……."

현성은 눈살을 찌푸렸다.

눈앞에 등장한 생명체는 괴물이라고 할 수밖에 없었다.

전체적인 형태는 인간에 가까웠지만, 덩치가 2미터가 넘었고, 엉덩이에는 긴 꼬리가 달려 있었다. 그리고 하체보다 상체가 약 두 배 가량 더 컸으며, 팔뚝이 일반 성인 남성보다 약 세 배 이상 굵었다.

또한, 전체적으로 민무늬 피부에 얼굴에는 오로지 입만이 있는 기괴한 모습이었다.

크오오오오오!

괴물은 현성을 향해 포효성을 내지르고 다짜고짜 달려오기 시작했다.

챙!

거기다 괴물의 손에서 하얀빛을 번쩍이며 손톱이 튀어나왔다. 건물 여기저기에서 나 있는 할퀴어진 자국은 아무래도 괴물의 손톱 때문인 모양이었다.

"블링크(Blink)."

현성은 최초의 일격을 단거리 공간 이동 마법으로 피했다.

부우우웅! 콰아아아앙!

현성이 있던 자리에 공기를 가르며 괴물이 팔이 휘둘러지더니 바닥이 박살이 났다.

어마어마한 괴력이 아닐 수 없었다.

"상당하군."

2층 바닥에 구멍이 난 모습을 바라보며 현성은 얼굴을 찡그렸다.

"파이어 임팩트(Fire Impact)!"

현성은 가볍게 4클래스 마법을 시전하며 괴물의 등 뒤에 주먹을 꽂아 넣었다.

콰아아앙!

펑음과 함께 불꽃 폭발이 일어났다. 매캐한 연기와 화염이 현성과 괴물 사이에 터져 나왔다.

부웅!

순간 화염을 뚫고 괴물의 팔이 현성을 향해 휘둘러져 왔다.

"큭! 트리플 실드(Triple shield)!"

현성은 다급하게 5클래스 방어 마법을 즉시 시전했다.

콰! 콰! 콰지직!

반투명한 삼중 방패가 펼쳐지며 괴물의 공격을 막아냈다.

두 장까지 부서져버렸지만, 마지막 한 장이 버텨낸 것이다.

"꽤 하는군."

현성은 살짝 놀란 눈으로 괴물을 바라봤다.

설마 4클래스 공격 마법을 버텨낸 것도 모자라 바로 반격을 가할 줄은 몰랐던 것이다.

키이이익!

"꼭 그런 건 아닌가 보군."

폭염과 연기가 걷히고 드러난 괴물의 모습은 상태가 좋아 보이지 않았다.

파이어 임팩트에 당한 괴물의 등 부분은 심한 화상을 입고 있었고, 비틀비틀거리며 겨우 서 있었던 것이다.

괴물이 반격을 가했던 것은 그저 마구잡이로 팔을 휘둘렀을 뿐이었다.

크아아아아아!

우득! 우드득!

괴성을 내지르는 괴물의 몸에서 변화가 일어났다.

뼈가 부러지는 소리가 들리는가 싶더니 점점 더 덩치가 커져가기 시작했던 것이다.

이윽고 괴물은 미친 듯이 현성을 달려오기 시작했다.

부웅!

괴물은 현성을 잡기 위해 양 팔을 바깥에서 안으로 휘둘렀다.

그 공격을 현성은 피하지 않고 마주 대했다.

자신을 향해 휘둘러져 오는 괴물의 양팔을 향해 양 주먹을 갖다 댄 것이다.

"메테오 임팩트(Meteor Impact)!"

콰콰쾅! 콰쾅!

6클래스 화염 충격 공격 마법!

현성의 양 주먹과 괴물의 양 팔 사이에서 화염폭탄이 터지듯 폭발이 일어났다.

그 충격파에 괴물의 양팔은 고깃덩이처럼 날아가리라.

'음?'

하지만 현성은 이상함을 느꼈다.

콱!

'이, 이건……'

놀랍게도 괴물은 메테오 임팩트를 견뎌내고 현성을 붙잡은 것이다!

"단단하군. 설마 몸의 구성을 변화시킬 수 있는 것인가?"

현성은 자신을 붙잡고 있는 괴물의 손을 바라보며 놀란 표정을 지었다.

지금 괴물의 양 손은 검게 변해 있었다.

마치 단단한 강철처럼.

우오오오오!

괴물은 현성을 붙잡아 들어 올린 후, 머리에 하나밖에 없는 거대한 입을 쩍 벌렸다.

톱니 같은 괴물의 이가 검붉은 피로 물들어 있는 모습이 보인다.

"큭."

괴물의 입에서 풍겨오는 악취에 현성은 눈살을 찌푸렸다.

'난감하군.'

괴물과 너무 가까웠기 때문에 공격 마법을 쓰기에는 위험했다. 그렇다고 스트랭스나 레이포스를 활성화시켜서 빠져나가려 해도 괴물의 악력이 더 강했다.

'남은 건……..'

"블링크(Blink)!"

현성은 마지막 수단으로 단거리 공간 이동 마법을 시전했다.

괴물의 양손에서 현성의 모습이 사라졌다.

잠시 후, 현성은 괴물에게서 열 발자국 떨어진 곳에서 모습을 드러냈다.

"성공이군. 블링크마저 안 되었으면 이판사판이었는데 말이야."

만에 하나 공간 이동 마법까지 실패했을 경우 현성은 공격 마법을 사용하려고 했다.

물론 그럴 경우 현성 자신도 피해를 꽤 입을 수밖에 없었다.

하지만 괴물에게 먹히는 것보다는 훨씬 낫지 않은가?

"썬더 볼트(Thunder Blot)."

콰!

순간 괴물의 머리위에서 노란색 번갯불이 번쩍이며 내려 꽂혔다. 현성이 4클래스 전격계 마법을 시전한 것이다.

으으으으으으!

고압전류에 휩싸인 괴물의 몸에서 번갯불이 계속 번쩍였다.

쿠웅!

온몸이 마비된 괴물은 자리에서 쓰러졌다.

"끝났나?"

현성은 경계를 늦추지 않고 쓰러진 괴물을 확인하기 위해 다가갔다.

스으윽.

그리고 괴물의 긴 꼬리가 현성의 눈에 띄지 않게 조용히 움직이기 시작했다.

괴물의 꼬리는 마치 고무처럼 길게 쭉 늘어나 현성의 뒤로 돌아갔다.

괴물은 현성에게 당한 척하며 반격의 기회를 노리고 있었던 것이다.

파앙!

순간 괴물의 꼬리가 탄력적으로 반동을 일으키며 현성을 향해 쇄도했다.

갑작스럽게 현성의 뒤통수를 노리며 날아드는 괴물의 꼬리.

괴물의 꼬리 끝은 굉장히 날카로운 화살촉처럼 생겼다.

그것이 현성의 뒤통수를 노리며 날아든 것이다.

콱! 티이잉!

하지만 괴물의 꼬리는 현성의 뒤통수에 닿기 직전 멈췄다.

"굉장히 유감이야."

현성은 고개를 돌리며 괴물의 꼬리를 바라봤다.

날카로운 괴물의 꼬리 끝이 현성의 머리에 닿을 듯 말 듯한 거리에서 멈춰 있었다.

그리고 괴물의 꼬리는 푸른색으로 빛나는 창에 꿰뚫려 바닥에 꽂혀 있었다.

"라이트닝 스피어(Lightning Spear)."

괴물의 꼬리가 공격해올 때 현성은 이미 3클래스 마법을 시전했던 것이다.

괴물의 꼬리는 라이트닝 스피어에 가로막혀 현성에게 공격을 가할 수 없었다.

키에에에엑!

괴물은 바닥에서 고통스러운 괴성을 질러댔다.

"이쯤에서 끝내도록 하지."

현성은 괴물을 향해 손을 들어 올렸다.

여덟 개의 마나 서클이 회전하며 마법시전 준비를 한다.

현성은 괴물을 바라보며 조용히 중얼거리듯 말했다.

"헬 파이어(Hell Fire)."

화아아아악!

현성의 손에서 지옥의 겁화가 쏟아져 나왔다.

아무리 괴물이 몸의 구성을 변환시킨다고 해도 지옥의 겁화 앞에서는 부질없었다.

키에에에엑!

괴물은 초고온의 화염 앞에서 괴성을 지르며 불타올랐다.

헬 파이어는 괴물의 세포 한 조각까지 남기지 않고 불태울 것이다. 현성은 불타오르고 있는 괴물을 차가운 눈으로 바라보고 있을 뿐이었다.

\*       \*       \*

어둠이 내리고 있는 부산.

네온사인이 빛나는 길거리를 뒤로하고 서른 살 정도로 보이는 굉장히 아름다운 이국적인 미녀가 일본 혼다사의 CBR300R 바이크에 몸을 기댄 채 바다를 바라보고 있었다.

그녀는 스마트폰으로 누군가와 통화를 하고 있는 중이었다.

ㅡ알겠나? 생포된 지부원들과 한국 지부 마법사를 반드시 처리해라. 그리고 우리의 목적도 잊지 말고.

"알고 있습니다, 마스터."

ㅡ기대하지, 환영사.

그 대화를 끝으로 마스터라는 사람으로부터 전화가 끊어졌다.

"일이 복잡하게 됐어."

미녀, 환영사라고 불린 그녀는 고운 얼굴을 찡그렸다.

자신의 뒤를 쫓던 국정원의 비밀요원을 제거하기 위해 투입되었던 러시아 요원이 오히려 붙잡혔다고 하지 않는가?

그 덕분에 원래 그녀가 하지 않아도 될 일이 늘어나 버렸다.

"어쩔 수 없지. 명령은 절대적이니."

그녀는 바이크 헬멧을 머리에 쓰며 CBR300R 바이크에 올라탔다.

부아아아앙!

이윽고 CBR300R 바이크는 우렁찬 엔진 소리를 울부짖으며 부산의 밤거리를 내달렸다.

그리고 바이크가 길을 꺾고 돌았을 때, 그 위에는 금발이 아름다운 이국적인 미녀가 아니라 30대 후반의 날카로운 인상의 사내가 바이크를 타고 있었다.

제 8 장
브로커

폐건물에서 나온 현성은 생각에 잠겨 있었다.

온몸에 용문신을 하고 있던 사람들.

그들은 틀림없이 어딘가의 조직원들이었다.

그뿐만이 아니라 토가레프 권총을 소지하고 있었다.

"국정원에서조차 이번 일을 제대로 파악하고 있지 못한 모양이군."

최미현은 말했다.

부산에서 벌어지고 있는 총기 사건은 조직과 관계가 없다고.

하지만 현성은 어딘가의 조직원들이 토가레프 권총을 소

지하고 있는 모습을 보았다.

그리고 문제는 그게 아니었다.

"조직원들을 도륙한 괴물의 정체를 밝혀내야 하지."

폐건물 내부를 피바다로 만들어놓은 정체불명의 괴생명체.

다행이라고 할 수 있는 점은 그 생명체가 팬텀과는 관계없다는 사실이었다.

현성이 불태운 생명체는 오히려 키메라에 더 가까웠다.

"한국 지부에서 만들어낸 괴물은 아니야."

이미 현성은 폐건물에서 있었던 일을 한국 지부에 보고한 뒤였다.

그때 서진철 관장으로부터 괴물에 관해 물었지만 모르는 눈치였다. 또한, 키메라 연구는 환상의 섬에서밖에 하지 않았다고 했다.

그만큼 키메라 연구가 위험하다고 서진철 관장은 판단하고 있었던 것이다.

그렇다면 남은 건······.

"러시아 놈들이 의심스럽지."

대한민국에서 마법 협회 한국 지부의 눈을 피하기란 쉽지 않은 일이다.

유일하게 한국 지부의 눈을 피할 수 있는 방법은 같은 마법 협회뿐이었다.

거기다 러시아 같이 정보관리를 중시하는 국가라면 충분히 한국 지부의 눈을 피할 수 있었다.

그리고 러시아라면 키메라를 연구할 기술력과 자금력이 충분히 있었다.

그러니 자연스럽게 러시아를 의심할 수밖에 없었다.

현재 부산에서 총기 사건을 일으키고 있는 범인이 러시아와 연관이 있다는 것을 현성이 밝혀냈으니 말이다.

"우선 그놈들을 다시 만나 봐야겠군."

현성은 자신이 쓰러뜨렸던 마법 협회 러시아 지부의 마법사들이 있는 컨테이너 화물용 상자에 가보기로 결정했다.

왜애애앵!

그때 현성의 귀에 사이렌 소리가 들려왔다.

여기저기에서 경찰차와 구급차가 달리고 있는 모습이 보였다.

"무슨 일이지?"

심상치 않은 일이 생겼다는 사실을 직감한 현성은 경찰차와 구급차를 뒤쫓기 시작했다.

다행히 경찰차와 구급차는 금방 멈춰 섰다.

이미 주변에는 수많은 사람들이 몰려와 빙 둘러 쳐져 있었다.

"무슨 일입니까?"

현성은 가장 근처에 있던 30대 초반의 사내에게 말을 걸었다.

"무슨 총기 사건이 있었다던데요."

"총기 사건이요?"

사내의 말에 현성의 안색이 변했다.

설마 자신이 조사를 하고 있는 와중에 또 사건이 생길 줄이야!

현성은 경찰들이 쳐놓은 노란색 폴리스 라인을 넘어가려고 했다.

"거기 학생! 지금 어딜 넘어오려고 하는 거야!"

대번에 근처에 있던 형사 한 명이 제지를 하며 다가왔다.

"정신이 있는 거야? 없는 거야? 어딜 들어오려고."

형사는 엄한 얼굴로 현성을 바라보며 말했다.

"총기 브로커를 찾았습니까?"

"뭐? 브, 브로커?"

"토가레프 TT—33 반자동 권총을 건네준 인물이 있을 거 아닙니까? 아니, 그전에 지금 일어난 범죄 사건의 범인은 누굽니까?"

"아니, 네가 그걸 어떻게……?"

현성의 말에 형사는 눈을 휘둥그렇게 떴다.

총기 브로커니, 토가레프 권총이니 하는 건 현재 경찰 내부만의 정보였다.

아직 일반인들에게 그렇게 자세한 정보가 흘러들어가지

않았던 것이다.

"너, 서로 좀 가야겠다. 이리와!"

형사는 현성을 붙잡고 끌기 시작했다.

그의 입장에서는 현성이 무척 수상해 보였던 것이다.

"어이, 김순경! 너도 이리 와서 이 애 좀 잡고 있어. 이번 사건과 관련이 있을지도 모르니."

형사는 근처에 있던 경찰관 한 명을 불렀다.

일이 복잡해지는 것 같자 현성은 얼굴을 찌푸렸다.

"쓸데없는 행동은 하지 마시죠. 저 시간 많지 않습니다."

"뭐? 허 고놈 참 맹랑하네."

현성의 말에 형사는 기가 막힌 표정을 지었다.

"아무튼 너 일단 서로 가자. 이야기는 거기서 듣도록 하지."

"싫습니다."

"싫으면 뭐 어쩔 건데? 공무집행 방해로 진짜 잡혀가고 싶어?"

엄포를 놓는 형사의 말에 현성은 고개를 흔들었다.

"그럼 전화 한 통 해도 되겠습니까?"

"전화? 왜 부모님한테 도와달라고 하게?"

형사는 혀를 쯧쯧 차며 전화를 쓰도록 허가해 주었다.

현성은 빠르게 스마트폰으로 전화를 걸었다.

"아, 미현 씨."

―현성 군! 무슨 일이에요?

"부산에서 또 총기 사건이 일어난 것 같습니다."

―또 말인가요?

"예. 그래서 지금 조사를 하려고 하는데 현지 경찰에게 제재를 받아서요. 도와주실 수 있습니까?"

―물론이죠. 담당 형사분 소속이랑 이름 좀 알려주시겠어요?

"그러죠. 형사님."

현성은 조금 전부터 같잖다는 표정을 짓고 있는 형사에게 말을 걸었다.

"왜."

"형사님 소속이랑 이름 좀 가르쳐 주세요."

"네가 그걸 알아서 뭐하려고?"

"절 잡아가려고 하는데 그 정도는 알아도 되지 않습니까?"

"부산 경찰서 박순철 형사다. 됐냐?"

"부산 경찰서 박순철 형사라네요."

―알겠어요. 바로 조치를 취할게요.

"그럼 부탁하도록 하겠습니다."

그 말을 끝으로 현성은 전화를 끊었다.

그 모습을 처음부터 끝까지 지켜본 형사는 혀를 찼다.

"참, 가지가지 한다. 누구냐? 뭔데 내 소속을 묻고 부탁을 하느니 마느니 하는 거냐?"

"형사님이 신경 쓸 필요 없습니다. 그냥 기다려보면 알 수 있을 거예요."

"됐고, 일단 서부터 가자. 이번 총기 사건이랑 무슨 관계인지 조사를 해봐야 할 것 같으니까."

그렇게 형사와 김순경은 현성의 양팔을 다짜고짜 붙잡고 경찰차에 태우기 위해 실랑이를 벌였다.

잠시 후,

위이이이잉!

형사의 스마트폰이 진동했다.

스마트폰을 확인한 형사는 얼굴을 찌푸렸다.

"아, 이 바쁜데 서장은 왜 전화질이야."

형사는 귀찮은 표정을 숨기지 않으며 전화를 받았다.

"서장님. 지금 현장에서 수사 중인데 무슨 일입니까?"

―야, 박 형사! 너 지금 누구 연행하고 있지?

"예. 이번 사건에 연관이 있는 인물을 발견해서 서에 데려가서 조사 좀 하려고 합니다."

―네가 연행하려는 사람 이름 뭐냐?

서장의 말에 형사는 현성을 바라보며 물었다.

"야. 너 이름 뭐냐?"

"김현성입니다."

"김현성이라는데요."

현성의 대답을 들은 형사는 스마트폰에다가 현성의 이름

을 댔다.

그러자 바로 스마트폰에서 부산 경찰 서장의 고함 소리가 생생하게 울려 퍼졌다.

—야, 이 쪼다 새끼야! 당장 그분 풀어드리고 사건 현장 보여드려!

"예?"

갑작스러운 서장의 말에 형사는 순간 이해가 안 가는 표정을 지었다.

—멍 때리지 말고, 네가 말한 김현성이라는 분 건드리지 말라고! 위에서 내려온 특별 수사관이랜다! 수사에 전면 협조하라고 경찰청장님으로부터 직통전화가 내려왔어!

"끄응."

서자의 말에 형사는 골치 아픈 표정을 지었다.

그런 형사를 바라보며 현성은 한마디 건넸다.

"이제 사건 현장 좀 보여주시겠습니까?"

미소를 짓고 있는 현성의 얼굴과 대조적으로 형사의 얼굴은 푸르죽죽하게 죽어 있었다.

*     *     *

이번 총기 사건의 범인은 놀랍게도 중학교 2학년생이었다.

피해자는 총 세 명으로 한 명은 사망했고, 두 명은 중상을 입은 채 현재 병원에 후송 중이라고 들었다.

이번에 사용된 총기도 토가레프 TT-33 반자동 권총.

부산에서 일어나고 있는 총기 사건과 동일했다.

"한시라도 빨리 브로커를 잡아야 되는데……."

현성은 눈살을 찌푸리며 생각에 잠겼다.

사건 현장에는 총기 사건의 범인인 중학교 2학년생 최승철이 아직 남아 있었다.

그에게 브로커에 대해 질문을 했지만 예쁜 누나에게 받았다는 말밖에 들을 수 없었다.

어디 그뿐인가?

최승철은 자신이 어떻게 해서 같은 반 친구였던 중학생 세 명을 권총으로 쏜 건지 전혀 기억을 못하고 있었다.

그 외에 알아낸 것이라고는 최승철이 피해자인 중학생들에게 주기적으로 괴롭힘을 당했다는 사실뿐.

"대체 브로커는 무엇을 노리고 있는 거지?"

부산에서 일어나고 있는 총기 사건은 동일한 공통점이 있었다. 가해자가 언제나 피해자에게 괴롭힘을 당해왔다는 것.

하지만 이번 총기 사건은 위험했다.

어른들이 지켜야 할 미성년자들이 총기 사건에 휘말려 든 것이다.

"일단 러시아 놈들을 다시 족쳐봐야겠군."

러시아인 청년이 브로커가 있다고 한 장소는 생각할 것도 없이 함정이었다.

어딘가의 조직원들이 토가레프 권총을 가지고 대기하고 있었으니까.

문제는 조직원들로 보이는 사내들을 도륙한 괴물이 있다는 사실이었다.

자연적으로 그런 괴물이 생겨났을 리 없을 테니 생각할 수 있는 것은 키메라였다.

그리고 분명 러시아와 깊은 연관이 있으리라.

현성은 발걸음을 재촉하며 러시아인들을 처박아 놓은 컨테이너 화물용 상자가 있는 장소로 빠르게 이동했다.


어둑어둑한 시간.

비라도 내리려고 하는지 하늘은 달빛조차 보이지 않을 정도로 어두웠다.

머지않아 소나기라도 한바탕 내릴 것 같았다.

"다 왔군."

그리고 어느덧 현성은 러시아인들을 처박아 놓은 컨테이너 화물용 상자가 있는 장소에 도착했다.

'음?'

그때 현성은 불길한 예감에 휩싸였다.

러시아인들이 있는 컨테이너 화물용 상자 주변에서 이질적인 마나의 기운이 느껴졌던 것이다.

"……!"

이상한 느낌에 러시아인들이 있는 컨테이너 화물용 상자를 주시하는 현성의 눈에 한 인물이 비쳤다.

그 인물은 이제 막 컨테이너 화물용 상자 안에서 나오고 있는 중이었다.

"설마!"

현성은 날 듯이 컨테이너 상자로 질주했다.

그때 정체불명의 인물도 현성을 보았는지 부산항의 반대편으로 줄행랑을 놓았다.

"이런……!"

컨테이너 상자 앞에 도착한 현성은 눈살을 찌푸렸다.

상자 안에 기절시켜두었던 러시아인 세 명이 목이 잘려 죽어 있었던 것이다.

"누구지? 브로커인가?"

러시아인들의 생사를 확인한 현성은 이내 도망을 치고 있는 인물의 뒤를 쫓기 시작했다.

그 인물도 현성이 뒤를 쫓자 직선 코스에서 왼쪽 길로 사라졌다.

"놓칠 수 없지!"

'악셀러레이션(Acceleration)!'

정체불명의 인물이 시야에서 사라지자 현성은 가속 마법을 시전했다.

약 백여 미터 가량 떨어져 있었지만 눈 깜짝할 사이에 거리를 좁혔다.

인물이 사라진 왼쪽 길목에 도착한 현성은 재빨리 주변을 둘러봤다.

"쯧! 벌써 사라졌군."

정체불명의 인물은 보이지 않았다.

왼쪽 길목에 들어서서 어디론가 숨어버린 모양이었다.

그리고 이곳에 있는 사람은 한 명뿐이었다.

작업원으로 보이는 사람이 바닥을 청소하고 있었던 것이다.

정황상 작업원이 정체불명의 인물이라고 생각할 수 있겠지만, 현성은 자신이 쫓던 인물의 인상착의와 체형을 알고 있었다.

현성이 쫓던 인물은 보통 체형에 오토바이 슈트를 입은 30대 사내였다.

하지만 지금 눈앞에 있는 작업원은 40대 초반으로 기름이 묻어 있는 좀 더러워 보이는 작업복을 입고 있었으며 뚱뚱했다.

그리고 무엇보다 현성이 컨테이너 상자에서 본 인물은 러시아인이었으며, 눈앞에 있는 작업원은 한국인이었다.

현성이 쫓던 인물과는 완전히 딴판이었던 것이다.

현성은 작업원에게 다가가 말을 건넸다.

"아저씨. 혹시 이쪽으로 오토바이 슈트 입은 사람 안 왔어요?"

"오토바이 슈트?"

작업원은 잠깐 생각을 하는 눈치였다.

"아아, 그 사람이라면 저쪽으로 갔어."

"저쪽으로요?"

"그래. 내가 봤어. 저쪽으로 다급하게 뛰어가더라고."

작업원이 가리키고 있는 방향은 좁은 샛길이었다.

확실히 현성이 이곳에 도착하기 전에 저쪽으로 빠져나갔다면 발견하지 못한 것도 납득이 갔다.

샛길 너머로 시야가 보이지 않았기 때문이다.

"그런데 아저씨."

"응?"

"지금 뭐하고 계세요?"

"뭐하긴 작업 끝나서 청소하고 있지."

"쓰레기 하나 없는 길에서 아저씨 혼자 말인가요?"

"……!"

현성의 말에 작업원의 표정이 굳어졌다. 하지만 이내 표정을 풀면서 대답했다.

"자, 작업이 끝나서 다른 직원들은 다 갔어. 그리고 청소도 이제 막 끝난 참이고."

그 말에 현성은 40대 초반의 작업원을 냉정하게 가라앉은 눈으로 바라봤다.

작업원의 말에서 구구절절한 변명이 느껴졌다.

그리고 무엇보다 확실한 증거도 있었다.

"유감이군. 상대가 내가 아니었다면 눈치채지 못했을 텐데 말이야."

"그게 무슨……?"

작업원은 영문을 모르겠다는 표정으로 현성을 바라봤다.

"마나의 유동 변화. 내가 못 느꼈을 거라 생각하나?"

"이런 망할!"

현성의 말에 작업원은 몸을 날리며 도망치려고 했다.

"어딜!"

하지만 현성은 작업원의 진로를 막아섰다.

"당신, 브로커지? 내 손에서 도망갈 생각은 버리는 게 좋을 거다."

"……."

작업원, 아니 브로커는 현성을 가만히 노려봤다.

"이런 어린애에게……."

브로커는 어이없는 표정을 지었다.

설마 러시아의 정보기관인 FSB의 소속 요원이자, 마법 협회 러시아 지부의 마법사 다섯 명이 아직 스무 살도 되어 보이지 않는 소년에게 당했다니.

브로커가 그렇게 생각하는 것도 무리는 아니었다.

그는 현성이 일본 지부를 혼자서 괴멸시켰다는 사실을 모르고 있었으니까.

아직 일본 지부를 누가 괴멸시켰는지 알고 있는 사람들은 그리 많지 않았다.

단지 한국 지부의 엄청난 실력을 가진 마법사가 그랬다고 알고 있을 뿐.

어느 누가 아직 스무 살도 안 된 현성이 그런 업적을 달성했다고 생각할 수 있을까?

스스슥.

순간 브로커의 모습이 변하기 시작했다.

기름때가 묻은 더러운 작업복을 입은 40대 초반 남자에서 20대 후반의 색기 넘치는 요염한 여인으로 변한 것이다.

"꼬마야. 누나랑 좀 놀지 않을래?"

브로커는 허리까지 내려오는 긴 백색 금발 머리카락에 이목구비가 뚜렷한 외국인 미녀로 변신했다.

또한, 최미현을 능가하는 볼륨감 넘치는 몸매를 가지고 있었다. 특히 가슴 굴곡은 물론 그녀의 몸매가 다 드러나고, 새하얀 피부가 비쳐 보일 듯 말 듯한 선정성이 높은 타이트한 옷차림을 하고 있었다.

그 어떤 남자라고 해도 지금 그녀의 모습에 넘어가지 않을 수 없을 것이다.

"솔직히 놀랍군. 설마 현대 세계에서 이만큼 일루전 마법을 사용하는 마법사는 처음 봤다."

현성은 감탄했다.

성별은 물론 입고 있는 옷까지 바꿔 보여질 정도라니.

지금 브로커가 사용한 마법은 4클래스 일루전 마법이었다.

브로커가 마법사라는 사실도 놀라운데 거기다 4클래스 마법을 사용할 줄이야!

어디 그뿐인가?

브로커는 마법뿐만이 아니라 최면 암시도 곁들이고 있었다.

현대에서 이만한 마법 실력을 가진 마법사가 과연 얼마나 있을까?

그야말로 손에 꼽을 정도일 것이다.

그렇다는 것은…….

"아티팩트의 힘인가?"

"재미없는 아이네. 아직 자극이 부족한가?"

현성의 말에 브로커는 진한 붉은 입술로 미소를 지었다.

남자는 물론 같은 여자들도 애간장이 녹을 것 같은 아찔한 미소다.

그뿐만이 아니라 브로커는 길고 하얀 손가락을 풍만한 가슴에 가져다대더니 살짝 옷을 내렸다.

새하얀 피부의 터질 듯이 풍만한 가슴 전체가 보여질 듯 말 듯하며 현성을 농락하기 시작했다.

"어때?"

그 상태에서 브로커는 현성을 향해 살짝 다가갔다.

그러자 농밀하고 달콤한 향기가 현성의 코를 찔렀다.

"우습군."

"뭐가 우습니? 꼬마야."

"이런 날씨에 그런 차림으로 있으면 춥지 않나?"

"뭐?"

"그리고 그 모습이 거짓이라는 걸 알고 있는 내가 너한테 넘어갈 것 같은가? 가소롭기 짝이 없군."

"이 꼬마가 좋게 끝내려고 했더니!"

아름다운 브로커의 얼굴이 사정없이 일그러진다.

그녀에게 빠져든 사람들이라면 그 모습조차 아름답다고 말하리라.

하지만 현성은 차가운 눈으로 브로커를 바라볼 뿐이었다.

"환상에 속을 만큼 나는 가벼운 남자가 아니다. 쓸데없는 짓은 그만두고 묻는 말에 답해라. 대체 부산에서 무슨 일을 벌이고 있는 거지?"

"크크큭, 아하하하하하!"

별안간 브로커는 고개를 숙이며 웃음을 터뜨렸다.

"환상에 속지 않아? 쓸데없는 짓은 그만두라고? 큭큭, 웃기는군."

한바탕 웃음을 터뜨린 브로커는 현성을 바라보며 입을 열었다.

"나는 단지 힘이 없는 자들에게 힘을 주었을 뿐이야. 직장 상사에게 욕을 먹고 술자리에서 구타를 당해도 다음날 아무 일 없이 출근해야 하는 회사원, 부당하게 임금을 체불당해도 계속 일을 할 수밖에 없는 노동자, 매일 같이 돈을 뜯기고 괴롭힘을 당해도 누구에게 이야기 할 사람이 없는 학생. 어느 누구도 그들에게 신경 써주는 사람들은 없었지. 그저 잘 하라고 말만 할 뿐."

브로커는 킥킥거리며 웃었다.

그리고 재차 말을 이었다.

"그런 그들에게 나는 선택의 기회를 주었어. 지금까지 당했던 것을 그대로 되돌려줄 수 있는 기회를 말이야."

"권총이 무슨 기회가 된다는 말이냐!"

"그들이 아무것도 하지 못했던 건 힘이 없었기 때문이지. 나는 그들에게 힘을 제공했어. 남은 건, 그들이 내가 준 힘을 사용하느냐, 아니면 사용하지 않느냐 둘 중 하나를 선택하는 것뿐. 만약 그들이 현재 자신의 생활에 만족해하고 있었다면, 내가 준 힘을 쓰지 않았을 거야. 그렇게 생각하지 않아?"

"그건……."

비웃음을 띄우는 브로커의 말에 현성은 대답을 하지 못했다.

확실히 브로커는 총을 가해자들에게 주었을 뿐이다. 그것을 사용한 건 명백히 가해자들이었다.

"단지 그것뿐인 이야기야. 내가 한 일은 이를테면 정의, 라고 할 수 있겠지."

브로커는 자기희열에 빠져 웃음을 흘렸다.

"정의… 라고?"

현성은 싸늘한 눈으로 브로커를 노려봤다.

어쩌면 브로커의 말이 맞을지도 모른다.

부산에서 발생한 총기 사건의 범인들은 피해자들이었으며, 피해자들은 총기 사건의 범인을 괴롭히던 가해자들이었으니까.

"웃기지 마라! 넌 그냥 사람들의 마음을 가지고 놀았을 뿐이다! 괴롭힘을 당하던 사람들에게 단지 손에 총을 쥐어줬을 뿐이라고!"

"그게 무엇이 나쁘다는 거지? 힘없이 핍박받던 사람들이 자기 권리를 되찾았을 뿐이잖아. 아니면 그대로 계속 괴롭힘을 받으며 살아야 한다고 생각해?"

"다른 방법도 있다."

"다른 방법? 크크큭, 아하하하하하하하하!"

브로커는 미친 듯이 웃음을 터뜨렸다.

"다른 방법 따윈 없어. 오로지 힘! 힘만이 이 세상의 전부야. 돈이든, 권력이든, 뭐든! 이 세상은 힘이 지배하는 곳이니까."

브로커는 한이 서린 듯 차갑게 빛나는 푸른 눈으로 현성을 노려봤다.

"나에게 힘이 없었다면 지금 이렇게 네 앞에 있을 수 있었을까? 오래전에 이미 죽었을 테지. 힘 있는 자들 손에 괴롭힘을 당하면서."

브로커는 씁쓸한 듯 보이는 눈으로 차가운 미소를 지어 보였다.

"그렇다고는 해도 나는 다른 길이 있다고 생각한다. 힘만이 아닌 다른 무언가가."

"흥, 고생이라고는 해보지 못한 어린 녀석이 할 법한 말이네. 네가 하는 말이 무엇인지 내가 가르쳐 줄까? 바로 위선이라고 하는 거야. 알겠니, 꼬마야?"

브로커는 현성을 무시하는 투로 말하며 비아냥거렸다.

"그럼 한 가지 묻도록 하지."

"뭔데?"

현성은 가만히 눈을 들어 브로커를 직시했다.

"총기 사건을 일으킨 범인들의 기억이 명확하지 않은 건 무엇 때문이지?"

"무슨 말을 하는 거냐?"

"총기 사건을 일으킨 범인들은 자신이 범행을 저질렀다는 사실을 자각하지 못하고 있더군. 범인들은 어째서 자신이 이런 일을 저질렀는지 혼란스러워하고 있었다. 그건 어째서지?"

현성은 사건 현장에서 범인들 중 하나인 중학생 최승철을 만났다.

그리고 그와 대화를 나누면서 기억이 온전하지 못하다는 사실을 알아내고, 최미현에게 다른 범인들은 어떤지 물어보았다.

결과는 최승철과 같았다.

다른 범인들도 범행 당시의 기억이 애매모호했던 것이다.

그래서 그 부분에 대해 현성은 의심을 하고 있었다.

"그걸 왜 나에게 묻는 거야?"

"네가 범행을 일으키도록 암시를 걸었다고 생각하니까."

"증거 있어?"

"증거? 있지."

현성은 브로커를 싸늘한 눈으로 노려봤다.

"조금 전 네가 나에게 최면과 암시를 걸려고 했지 않나. 설마 내가 모를 거라고 생각한 건 아니겠지?"

그랬다. 브로커는 40대 초반 작업원에서 20대 후반의 여인으로 변했을 때, 현성을 유혹하며 최면과 암시를 걸었었다.

하지만 현성은 넘어가지 않았다.

현성은 8서클을 마스터한 대마법사.

최면이나 암시 같은 초보적인 정신 기술에 넘어갈 리 없지 않은가?

"무방비한 일반인에게 최면과 암시를 걸어 범죄 유발을 일으킨다. 완전 범죄가 따로 없군."

현성의 말에 브로커는 고혹적인 미소를 지었다.

"범죄 유발이라. 그 정도까지 거창한 건 아니야. 단지 그냥 이성의 제어를 풀어줬을 뿐이지."

그 말에 현성의 눈썹이 꿈틀했다.

"이제야 실토하는 건가. 아무래도 위선자는 내가 아니라 너였던 거 같군."

"나는 이 세상을 정화시키기 위해 한 일이야. 너 같은 애송이 따위에게 위선자 소리를 들을 이유가 없다고 보는데."

"이유가 어찌 되었든 부산에서 일어나고 있는 총기 사건은 너로 인해 일어난 일이다. 무엇 때문에 부산에서 이런 일을 벌이고 있는지 이야기를 들어봐야겠군."

"나한테서… 들을 수 있을 것 같아?"

현성의 말에 브로커는 매혹적인 자태를 자아내며 미소 지었다. 그 모습이 거짓이라는 걸 알면서도 시선을 뺏기지 않을 수 없었다.

딱!

브로커는 가늘고 하얀 손가락을 마주쳤다.

그 순간,

크르르릉!

분명 조금 전까지 아무것도 없던 브로커의 좌우에서 개처럼 생긴 기묘한 생명체가 모습을 드러냈다.

"나는 환영을 주관하는 환영사야. 이 아이들을 단순한 환영이라고 생각한다면 큰 코 다칠 걸?"

기묘한 생명체를 소환한 브로커는 매혹적인 미소를 지으며 말했다.

\*　　　\*　　　\*

툭, 툭, 쏴아아아아!

달빛 하나 보이지 않을 정도로 구름이 끼여 어둡던 하늘에서 기어이 비가 쏟아지기 시작했다.

'흠……'

소나기처럼 쏟아지는 장대비 속에서 현성은 브로커가 불러낸 생명체 두 마리를 바라봤다.

"개 같군."

현성의 말대로 브로커가 불러낸 생명체는 진짜 개처럼 생겼다. 종으로 따지자면 도베르만에 가깝다고 해야 할까.

다만, 송곳니가 비정상으로 길었으며 눈이 붉은색으로 충혈된 게 정상적으로 보이지 않았다.

"이따위 환영을 보여줘서 뭘 하겠다는 거지?"

"글쎄……"

현성의 말에도 브로커는 자신만만한 표정을 짓고 있었다.

브로커가 소환한 생명체들은 실체가 없는 환영이었다.

환영인 이상 겁을 줄 수 있을지언정 실질적인 피해를 주기는 힘들 터.

그럼에도 브로커는 여유로운 모습을 보였다.

"가라."

브로커는 개처럼 생긴 생명체, 환영견들에게 명령을 내렸다.

크아아아앙!

그러자 환영견들은 빗속을 헤치며 현성을 향해 달려들었다.

쏟아지는 소낙비 속에서 들려오는 환영견의 울부짖는 소리와 거친 숨소리, 그리고 빗속을 뚫고 역한 냄새까지 풍겨져 왔다.

도저히 환영이라고 생각할 수 없었다.

"라이징 임팩트(Rising Impact)."

현성은 자신을 향해 뛰어든 환영견 한 마리에게 라이징 임팩트를 시전하며 돌려차기를 먹였다.

콰앙!

깨갱!

"……!"

그 장면을 본 브로커는 숨을 급하게 들이마시며 눈을 부릅 떴다. 믿기지 않게도 실체가 없는 환영견이 비명 소리와 함께 나가떨어진 것이다.

그뿐만이 아니라 바닥에 쓰러진 환영견은 유리가 깨져나
가듯 사라져 버리고 말았다.

"이, 이게 무슨……?"

"너의 환영 마법에는 경의를 표한다. 비록 환영이기는 해
도 실제와 다름없을 테지."

현성의 말대로 그녀의 환영은 단순한 환영이 아니었다.

그녀의 환영 마법은 강력한 암시를 동반한다.

그 때문에 실체가 없는 환영견이라고 해도 일단 한 번 물리
게 되면 진짜 물린 것처럼 몸이 반응하게 되는 것이다.

일종의 강력한 플라시보 효과라고 할 수 있었다.

"대체 무슨 짓을 한 거냐!"

"마나를 쳤다."

"뭐?"

밑도 끝도 없는 현성의 말에 브로커는 어안이 벙벙한 표정
을 지었다.

"아무리 실체가 없는 환영이라고 해도 근간을 이루고 있는
것은 마나다. 나는 그 마나를 강타했을 뿐이지."

"무슨 그런 말도 안 되는……."

브로커는 믿을 수 없다는 표정을 지었다.

환영의 근간인 마나를 쳤다니?

이게 대체 무슨 소리란 말인가?

"하지만 정말 아쉬워. 환영 마법이 순수 자기 실력이 아니라 아티팩트로 강화된 것이니 말이야. 현대 마법사들의 안 좋은 특징이라고 할 수 있지."

"이, 이 애송이가……!"

브로커는 분노한 표정으로 현성을 노려봤다.

"그럼 이야기를 한번 들어볼까. 러시아가 어째서 부산을 노리고 있는지, 그리고 내가 폐건물에서 본 괴물의 정체가 무엇인지. 이야기할 게 많을 거야."

"웃기지 마라!"

브로커는 현성을 죽일 듯이 노려보며 소리쳤다.

그리고 아직 한 마리 더 남아 있는 환영견 한 마리를 현성을 향해 달려들게 만들었다.

"부질없는 짓을."

자신을 향해 침을 질질 흘리며 달려오는 환영견을 향해 현성은 고개를 흔들며 손을 내밀었다.

"디스펠(Dispel)."

구현된 마법을 강제 취소시키는 3클래스 마법.

디스펠 마법은 이론상으로만 본다면 거의 모든 마법을 해제시킬 수 있었다.

하지만 발동 조건이 까다로운데다, 낮은 클래스의 마법이라 사실상 효율성이 그다지 없는 편이었다.

기껏해야 2클래스 수준의 마법을 해제시킬 수 있는 정도?

3클래스 이상의 마법을 해제 시키려면 어마어마한 마나와 집중력이 필요했다.

그러나 현성은 예외였다.

현성은 이미 8서클 마스터의 대마법사.

게다가 브로커는 4클래스 일루전 마법을 사용하고는 있지만, 순수 자기 실력이 아니었다.

환영 마법의 대부분을 아티팩트의 힘으로 충당하고 있었던 것이다.

그 때문에 환영견은 현성의 디스펠 마법에 빗속에서 증발하듯 사라졌다.

그리고…….

"뭐, 뭐야? 이, 이거 왜 이러지?"

브로커의 모습도 변해가고 있었다.

윤기가 흐르던 백금발 머리카락이 푸석푸석해진다.

광택이 돌던 새하얀 피부는 칙칙한 색을 내고 있었으며, 아름다웠던 그녀의 얼굴은 점점 더 흉측해져 갔다.

그렇게 시간이 흘러 하늘에서 쏟아지는 소나기 속에서 브로커의 실제 모습이 드러났다.

"그게 너의 본 모습이었군."

"으아아아아아! 아니야! 이건 내 모습이 아니야!!"

브로커는 여자였다.

그리고 나이도 많지 않다. 현성을 유혹했을 때 모습과 똑

같은 20대 후반이었다.

단지, 그녀의 머리카락과 얼굴이 달라져 있을 뿐.

푸석푸석하고 색이 바랜 붉은색 머리카락과 거무틱틱한 피부, 흉측한 화상이 얼굴을 뒤덮고 있는 여인.

"보지 마! 내 모습을 보지 마!"

브로커는 오열했다.

그녀는 이런 자신의 모습이 싫었다.

그래서 힘을 손에 넣었다.

본래 자신과는 전혀 다른 모습이 될 수 있는 환영 마법을.

꽉!

현성은 얼굴을 가리며 발광하듯 소리치는 그녀의 팔을 움켜잡았다.

"나는 네가 어떤 모습을 하고 있든 상관없다. 문제는 네가 저지른 일들이지."

그렇게 말한 현성은 움켜잡고 있는 팔을 끌어올리며 추한 그녀의 얼굴을 마주봤다.

"말해라. 러시아가 부산에서 무슨 일을 벌이고 있는지. 그리고 무엇을 노리고 있는지."

"놔!"

브로커는 현성의 손을 뿌려쳤다.

그리고 쏟아지는 빗속으로 몸을 숨기려는 듯 뒤로 물러났다.

"러시아와는 관계없어. 전부 나 혼자 일으킨 일이야."

브로커는 현성을 경계하는 눈초리로 노려보며 말했다.

그 말에 현성은 입 꼬리를 말아 올렸다.

"그 말을 믿으라고?"

그녀 혼자 독단으로 사건을 일으켰다라.

현성은 웃음밖에 나오지 않았다.

이미 마법 협회 러시아 지부의 마법사들로 보이는 자들이 다섯 명이나 투입되어 있었다. 그리고 그들 중 러시아인 청년이 말한 장소에는 믿기지 않게도 괴물이 한 마리 있었다.

"나는 러시아에서 제조한 키메라를 봤다. 그것도 독단으로 일으킨 일인가?"

"그걸… 봤다고? 아!"

현성의 말에 무의식적으로 중얼거리던 브로커는 다급히 손으로 입을 막았다.

그리고 무서운 눈으로 현성을 노려봤다.

"어처구니없는 유도심문이로군. 그걸 정말로 봤다면 이렇게 살아 있을 수 없을 텐데……."

"유감이지만 거짓말이 아니다. 부산에 있는 어딘가의 조직원들을 도륙해 놨더군. 그런 피바다는 정말 오랜만에 봤어."

"……."

차가운 현성의 말에 한기를 느낀 브로커는 자기도 모르게 팔을 문질렀다.

"키메라는 어떻게 됐지?"

"불태웠다. 한줌이 넘는 재로 화했지."

"그런가."

브로커는 눈앞에 있는 소년을 바라봤다.

눈앞에 있는 소년이 거짓말을 했을 거라는 생각은 들지 않았다. 오히려 눈앞의 소년이 괴물처럼 보였다.

"설마⋯⋯."

그리고 지금에 와서야 한 가지 사실을 깨달았다.

"일본 지부를 괴멸시킨 건⋯⋯?"

"좋을 대로 생각해."

현성은 브로커의 말에 긍정도 부정도 하지 않았다.

하지만 애매모호한 현성의 대답에 브로커는 확신했다.

눈앞에 저 소년이 일본 지부를 괴멸시킨 장본인이라고.

"나는 이런 거물을 상대하고 있었던 건가. 그러니 넘어오지 않을 수밖에. 킥킥킥!"

브로커는 빗속에서 실성한 듯 어깨를 들썩이며 웃음을 흘렸다. 그리고 그녀는 현성을 바라봤다.

그녀의 표정은 무심했다.

미련도, 후회도, 두려움도 없는 표정.

"잘 있어라, 귀여운 꼬마야."

첨벙.

그 한마디를 남기고 브로커는 빗물이 가득한 바닥위로 쓰러졌다.

"이런!"

현성은 그녀가 자살이라도 했다는 생각에 다급히 다가갔
다.

"자살한 게 아닌가?"

다행히 브로커는 아직 살아 있었다.

마법 협회 러시아 지부의 마법사들처럼 독 캡슐을 깨물고
자살한 게 아닐까 걱정한 현성은 일단 한시름 놓았다.

하지만 브로커를 살핀 현성은 눈살을 찌푸리지 않을 수 없
었다.

"코마상태에 빠졌군."

현성은 혀를 찼다.

코마는 의식불명 상태로 뇌사와는 다르다.

뇌사는 말 그대로 뇌가 죽은 상태라 꿈을 꿀 수 없지만, 코
마는 의식불명인 상태로 마치 잠이 든 것처럼 꿈을 꿀 수 있
었다.

아무래도 브로커는 환영 마법을 사용하여 의식불명 상태
에 들어간 모양이었다.

브로커는 언제 깨어날지 모르는 기나긴 잠 속으로 빠져든
것이다.

"......"

현성은 말없이 쓰러져 있는 브로커를 가만히 바라봤다.

좋은 꿈이라도 꾸고 있는 것일까.

죽은 듯이 잠들어 있는 브로커의 입가에는 작은 미소가 걸려 있었다.

브로커는 괴로운 현실에서 꿈속 세상으로 도망친 것이다.

"과연 도망친 그곳에 행복은 있을까."

현성은 씁쓸한 표정을 지으며 화상으로 흉측한 얼굴로 행복한 미소를 짓고 있는 브로커를 조용히 내려다봤다.

제 9 장
터널 폭파 사건

다음 날.

현성은 집으로 돌아가는 고속버스에 몸을 실고 있었다.

장거리 공간 이동 마법인 텔레포트나 마법 협회 한국 지부에서 제공하는 차를 타고 돌아갈 수도 있었지만, 자동차 여행을 하는 셈치고 고속버스를 탔다.

'이 참에 머릿속도 좀 정리하고 쉬어야지.'

맨 뒷좌석 창가 자리에서 턱을 괴고 차창 밖으로 스쳐 지나가는 풍경을 구경하던 현성은 눈을 감고 생각에 잠겼다.

브로커를 잡음으로서 부산 총기 사건은 일단락되었다.

하지만 여전히 의문은 남아 있었다.

대체 무슨 목적으로 러시아가 브로커를 비롯한 다섯 명의 FSB(Federal Security Bureau:러시아 연방 보안국) 소속 비밀 요원들을 보낸 것인지 알 수 없었던 것이다.

'거기다 러시아에서 보낸 건 그들만이 아니었지.'

키메라.

러시아에서 만들어낸 생체병기가 부산에 있는 폐건물에서 잠복하고 있었으며, 이미 수십 명이 넘는 조직원들이 살해당해 피바다를 이루고 있었다.

현성이 미리 발견해서 처리하지 않았다면 부산은 난리가 났을 것이다. 아니, 한국이 난리가 났을 것이다.

정체를 알 수 없는 괴물이 나타났다고 하면서.

그리고 이미 현성은 브로커를 비롯한 러시아 지부 마법사들과 국정원의 정보원, 그리고 폐건물의 뒤처리는 한국 지부에 맡겨 놓았다.

그 결과 어젯밤에 거의 처리가 완료되었다.

브로커는 한국 지부의 입김이 닿아 있는 의료시설로 옮겼으며, 시체들도 전부 회수했다.

현재 한국 지부와 국정원은 부산에서 있었던 사건들 대부분을 은폐하거나 조작 중이었다.

총기 사건도 부산 조직들 간의 항쟁으로 생긴 일이며, 그로 인해 러시아의 키메라에게 사망한 조직원들을 부산 조직들 간의 항쟁으로 희생되었다고 둔갑시켰다.

'과연 이걸로 끝일까?'

러시아에서 이런 식의 소동을 일으킨 이유가 있을 터였다.

그게 무엇인지 알 수 없는 한 또다시 같은 일이 벌어질 수 있었다.

브로커가 그 정보를 쥐고 있을 테지만, 유감스럽게도 코마 상태에 빠져 언제 깨어날지 모르는 상황이었다.

그녀가 깨어날 때까지 마냥 기다리고 있을 수만은 없었다.

잠시 머릿속을 정리하던 현성은 다시 눈을 떴다.

그때 현성의 눈에 검은색 BMW 760Li 한대가 나란히 달리고 있는 모습이 보였다.

"마음에 드는 차로군."

현성은 감탄한 눈으로 검은색 차를 바라봤다.

하지만 일반 서민이 꿈도 꾸기 힘든 가격일 터.

"고등학교를 졸업하면 한번 알아볼까."

현성은 피식 웃으며 훗날을 기약했다.

지금 당장 저런 차를 살 돈 정도는 있었지만, 아직 가족들은 그 사실을 모르고 있었다.

그리고 이미 현성은 대형 할인 마트 하나를 손에 쥐고 있지 않은가?

차근차근 하나씩 해결해 나가며 가족들에게 이야기할 생각이었다.

그렇게 현성이 생각에 잠겨 있을 때 버스는 터널 안으로 진입했다.

버스는 순조롭게 터널 내부를 통과하고 있었다.

                    *          *          *

터널에서 좀 떨어진 지점.

그곳에서 무감정한 목소리로 이야기를 주고받는 세 명의 사내들이 있었다. 그들 중 날카로운 인상의 사내가 입을 열었다.

"타깃은 어디에 있나, 코카스파니엘?"

"예정대로 이동 중이다. 이제 곧 작전 지역에 도착한다."

코카스파니엘이라고 불린 30대 중반으로 보이는 사내가 망원경으로 도로를 확인하며 대답했다. 그 말에 날카로운 인상의 사내는 옆에 있던 약간 통통한 체구의 사내를 바라봤다.

"슈나우저, 준비는?"

"물론, 완벽하게 끝내놨지."

슈나우저라고 불린 사내가 입 꼬리를 말아 올리며 말했다.

그들은 해외 용병들이었다.

대부분 용병들은 경비나 시설 및 요인 보호 임무를 맡는다.

하지만 그들이 속한 용병 집단은 요인 암살이나 폭파, 마피아의 신변 보호 같은 의뢰도 받고 있었다. 용병 부대라고 하기보다 오히려 테러리스트에 가까운 집단이었다.

코카스파니엘은 일반 전투 보병으로 뛰어난 전투능력을 지닌 용병이었으며, 슈나우저는 폭탄을 전문으로 담당하는 용병이었다. 그리고 비글은 냉정 침착한 저격병으로 팀을 이끄는 리더였다.

"좋아. 작전은 예정대로 진행한다."

날카로운 인상의 용병, 비글이라는 코드네임을 가진 사내의 말에 슈나우저와 코카스파니엘은 서로의 얼굴을 바라보며 고개를 끄덕였다.

잠시 후,

콰콰콰콰쾅!!!

주변 산이 울리고 땅이 흔들리는 어마어마한 굉음 소리가 터널에서 울려 퍼졌다.

*　　　*　　　*

쿠르르르릉! 콰콰쾅!!!

"뭐, 뭐야?"

순간 전조도 없이 터널 전체가 요동을 치기 시작했다.

갑작스러운 사태에 현성은 놀란 표정으로 의자를 꽉 붙잡으면서 창문 밖 상황을 살폈다. 그 와중에 현성이 탄 버스는 차선을 벗어나더니 옆으로 뒤집어졌다.

끼이익! 쾅!!

관성력을 이기지 못한 버스는 도로 위에서 기분 나쁜 마찰음을 내며 불꽃을 튀겼다. 그리고 옆으로 몇 바퀴 굴러가더니 곧 무언가에 부딪친 듯 큰 충격과 함께 갑자기 멈췄다.

"큭……!"

그 탓에 현성은 버스 바닥에 쓰러졌다.

하지만 버스가 구르기 전, 실드와 인챈팅 오브 스톤 마법으로 몸을 보호한 덕분에 크게 다치지는 않았다.

"대체 무슨 일이……?"

현성은 자신의 몸에 건 마법을 해제하며 고개를 들었다.

버스 안은 난장판이었다. 깨진 유리조각들이 바닥에 나뒹굴고 있었으며, 버스 차체도 뒤틀려 있었다.

현성은 버스 안을 둘러봤다.

버스 안에는 현성을 포함한 총 여섯 명의 승객들이 타고 있었는데, 지금은 두 명의 기운밖에 감지되지 않았다.

그 말은 세 명의 승객과 버스 운전기사가 살아남지 못했다는 사실을 의미했다.

살아남은 두 명은 버스가 구른 충격 탓인지 기절해 있었다.

"이봐요. 눈 좀 떠보세요."

현성은 자신과 가까이에 있는 20대 초반으로 보이는 청년에게 다가가 말을 걸었다.

"으음……."

현성이 몸을 흔들며 깨우자 청년은 신음을 흘리며 정신을 차리기 시작했다.

이에, 살짝 한숨을 내쉰 현성은 남은 승객인 50대 중반의 사내에게 다가갔다.

"아저씨. 일어나세요!"

"윽……."

사내는 눈을 뜨다가 신음을 흘렸다.

자세히 살펴보니 머리 쪽에 약간 피가 흐르고 있는 모습이 보였다.

'다친 모양이로군.'

현성은 속으로 혀를 차며 치유 마법을 시전했다.

물론 이제 막 깨어나기 시작하는 청년과, 상처를 입은 사내가 모르게 말이다.

"대체 무슨 일이… 헉!"

현성의 치유 마법에 정신을 차린 사내는 눈앞에 펼쳐진 버스의 참혹한 모습에 숨을 들이켰다.

뒤늦게 정신을 차린 청년도 사내와 똑같은 반응을 보였다. 그런 그들에게 현성은 나직한 목소리로 입을 열었다.

"몸은 괜찮습니까?"

그 말에 사내는 현성을 바라보며 의아한 얼굴로 질문했다.

"이, 이게 대체 무슨 일인가?"

"저도 잘 모르겠습니다. 사고를 당했다는 사실밖에는……."

현성은 고개를 흔들며 답했다.

"우리들은 운이 좋았네요."

청년은 왼팔을 감싸 쥔 채, 버스 안을 둘러보며 말했다. 아무래도 팔을 다친 모양이었다.

"저들은… 다 죽은 건가?"

"예."

고개를 숙인 사내의 말에 현성은 고개를 끄덕이며 대답했다.

죽은 자들이 나온 버스 안에서 자신들은 비교적 큰 상처 없이 살아남았다. 청년의 말대로 정말 운이 좋았다고밖에 할 수 없었다.

"일단 밖으로 나가죠."

그렇게 말한 현성은 버스의 뒷 유리창을 깨기 시작했다.

버스의 출입문은 바닥에 깔려 있었기 때문에 나갈 수 없었다. 유일한 탈출구는 유리창뿐이었다.

사고의 후유증 때문인지 차체 자체가 전체적으로 우그러져 있는 탓에 유리창에는 금이 쩍 가 있었다. 현성의 발길질 몇 번에 유리창은 깨어져 나갔다.

와장창!

현성은 유리창을 완전히 걷어낸 다음 버스 밖으로 나왔다.

"으음……."

버스에서 나온 현성은 신음성을 흘렸다.

버스의 앞부분이 돌무더기에 살짝 처박혀 있었던 것이다.

그리고 그것의 의미는······.

"사고의 원인은 저것이로군."

무너진 돌무더기를 따라 시선을 옮기며 터널 내부를 한번 둘러본 현성은 눈살을 찌푸렸다.

편도 2차선 도로의 터널 한쪽이 완전히 무너져 내려 있었다. 무너진 쪽은 서울로 돌아가는 방면이었다.

그리고 이곳저곳에서 사고를 당한 자동차들이 보였다.

뒤집혀져 있는 자동차가 있는가 하면, 돌무더기에 깔려 있는 자동차도 있었다. 다행이라면 터널 안에서 사고를 당한 자동차들이 몇 안 된다는 정도랄까.

하지만 이곳저곳에서 불길이 치솟고 있었으며, 매캐한 연기가 조금씩 차오르고 있었다.

"누, 누가 도와주세요! 애 아빠가 죽어가요!"

그때 현성의 귀에 한 여인의 애절한 목소리가 들려왔다. 현성은 지체 없이 목소리가 들린 곳으로 몸을 날렸다. 목소리는 돌무더기에 반쯤 깔려 있는 아반떼 승용차 쪽이었다.

"무슨 일이죠?"

"애, 애 아빠가······."

여인은 네 살 정도 되는 여자 아이를 품 안에 꼭 안고 주저 앉아 있었다. 그리고 패닉에 빠진 얼굴로 자동차를 바라보고 있었다.

"엄마. 아빠 죽어? 아빠 못 살아? 아빠 죽는 거 싫어!"

여인의 품 안에 안겨 있는 여자아이가 울먹이는 목소리로 말했다. 그러자 여인은 여자아이를 다독였다.

"괜찮아. 아빠가 왜 죽니. 괜찮을 거야."

여인은 연신 괜찮다는 말을 반복했다. 여자아이에게 말하는 것과 동시에 자기 자신에게도 하는 말처럼 들렸다.

현성은 아반떼 차안을 살폈다.

활짝 열린 조수석 문을 통해 운전석에서 에어백에 머리를 박고 기절해 있는 30대 중반의 사내가 보였다.

정신만 잃고 있을 뿐이지 어디 다치거나 하지는 않은 것 같았다. 현성은 차에서 눈을 뗀 후, 여자 아이의 머리를 쓰다듬으며 입을 열었다.

"엄마 말 들었지? 아빠는 오빠가 구해줄게."

"응."

귀엽게 생긴 여자 아이는 현성을 빤히 쳐다보더니 고개를 끄덕이며 대답했다.

"부탁합니다. 애 아빠를 살려주세요. 흑흑."

여인은 현성에게 고개를 숙이며 부탁했다.

"걱정하지 마세요."

현성은 여인을 안심시킨 후 다시 아반떼 승용차를 바라봤다.

'운전석 문은 안 되겠군. 돌무더기에 깔려 있으니.'

현성은 조수석에 올라탄 다음 에어백을 제거했다. 그리고 사내를 차에서 끌어내리려고 했다. 하지만 문제가 생겼다.

'핸들이…….'

현성은 눈살을 살짝 찌푸렸다. 운전석 핸들이 사내의 몸을 압박하고 있었다. 이대로는 사내를 끌어낼 수 없었다.

시험 삼아 핸들을 움직여 보았지만 꿈적도 하지 않았다. 아마 이것 때문에 여인이 차 밖에서 발을 동동 구르며 있었던 모양이었다.

'별 수 없지.'

현성은 손에 마나를 모으기 시작했다.

'윈드 커터(Wind Cutter)!'

현성의 손에서 생성된 바람의 칼날이 핸들을 베고 지나갔다.

서컥!

'됐다!'

현성은 손쉽게 핸들을 잡아 뜯었다. 그리고 사내를 운전석에서 조수석 쪽으로 끌어냈다.

"후……."

"소영이 아빠!"

현성이 차에서 사내를 끌어내자마자 여인은 사내의 상태를 살피기 위해 다가왔다.

그런 여인에게 현성은 걱정하지 말라는 어투로 말했다.

"다행히 다친 곳은 없어 보입니다. 사고 당시 충격으로 기절한 모양이니 곧 있으면 깨어날 겁니다."

"감사합니다. 정말 감사합니다."

여인은 고개를 숙이며 현성에게 감사를 표했다.

"오빠."

현성은 자신을 부르는 목소리에 고개를 내렸다. 그곳에 자신의 옷을 잡아당기며 올려다보고 있는 소녀가 있었다.

"고마워."

그 말에 현성은 피식 웃으며 여자아이의 머리를 쓰다듬어 주었다.

"엄마 말 잘 듣고 있으렴."

"응!"

여자아이는 활짝 웃으며 대답했다.

'그럼……'

현성은 몸을 돌렸다.

조금 전 사내처럼 도움이 필요한 사람들이 터널 안에 있을지도 몰랐다.

현성은 생존자들을 찾기 위해 몇 대 되지 않는 차들을 확인하며 터널 안을 돌아다니기 시작했다.

하지만 거의 대부분 운전자들은 사망해 있었다.

아반떼를 타고 있던 세 명의 가족들은 정말 기적적으로 살아남았다는 생각이 들 정도였다.

"대체 무슨 일이 있었던 거지? 지진이라도 일어났나?"

터널 안의 상황은 그만큼 좋지 않았다.

도로와 벽면에는 금이 쩍 가 있는 상태라 터널이 언제까지 버틸 수 있을 지 알 수 없는 상황이었다.

"그리고 살아남은 사람들은 한 줌밖에 되질 않으니……."

현성은 자신이 찾아낸 다섯 명의 생존자들을 바라보며 한숨을 내셨다.

그때 현성의 눈에 검은색 차가 보였다.

버스 안에서 무심코 바라봤던 BMW 760Li, 바로 그 차였다.

*　　　*　　　*

현성은 검은색 차가 있는 곳으로 다가갔다.

"윽……."

검은색 차 너머에서 젊은 여성의 신음 소리가 들려왔다. 그러자 현성의 발걸음이 빨라졌다.

"무슨 일 있습니까?"

현성은 신음 소리가 들린 장소에 도착했다.

그곳에는 검은색 정장 슈트를 입고 있는 두 명의 여자와 한 명의 소녀가 있었다.

그중 20대 초중반으로 보이는 여성의 다리가 돌무더기에 깔려 있는 모습이 보였다.

"누구냐!"

갑작스럽게 현성이 나타나자 20대 후반으로 보이는 여성이 날카로운 눈으로 외쳤다. 그녀는 의심스러운 표정으로 현성을 바라봤다.

"저쪽에 있는 버스 승객입니다. 이쪽에서 신음 소리가 들리길래 도울 일이 있을까 싶어 와봤습니다."

현성은 돌무더기에 반쯤 깔린 채 옆으로 누워 있는 버스를 가리키며 말했다. 그럼에도 20대 후반의 여성은 현성을 향한 경계심을 풀지 않았다.

"진영 언니."

그러자 소녀가 20대 후반으로 보이는 여성의 옷깃을 잡으며 고개를 흔들었다. 소녀는 현성을 보는 순간 위험한 인물이 아니라는 사실을 알았다.

예전부터 자신을 노리던 자들의 눈빛과 달랐던 것이다. 오히려 눈앞의 소년은 선한 눈빛을 띄고 있었다.

"실례했어요. 저는 신유라라고 해요."

소녀, 아니 유라는 살포시 미소를 지으며 말했다.

하지만 그 미소의 너머에는 터널 내부가 무너지는 사고에 대한 불안감이 숨겨져 있었다.

그런 유라를 현성은 물끄러미 바라봤다.

과연 어느 남자가 그녀의 아름다운 미모를 보고도 눈을 뗄 수 있을까.

나이는 자신과 동갑으로 보였으며, 허리까지 길게 기른 백금발 머리카락과 검은색 눈을 가지고 있었다. 또한, 투명하리만치 새하얀 피부와 동양인에 가까운 뚜렷한 이목구비를 가진 아름다운 혼혈 미소녀였다.

예쁘다고 유명한 연예인이라고 해도 그녀 앞에서는 한 수접을 수밖에 없을 것이다.

"김현성입니다. 일단 이분부터 도와주도록 하지요."

하지만 현성은 유라의 아름다운 미모에도 불구하고 이내 눈을 떼더니 돌무더기에 다리가 묻혀 있는 20대 초중반의 여성을 바라봤다.

그러자 유라의 눈에 이채가 서렸다.

지금까지 보아왔던 남자들과는 다른 반응에 흥미가 생겼던 것이다.

현성은 유라를 뒤로하고 정장 슈트를 입고 있는 20대 초중반 여성에게 다가가 말을 걸었다.

"어쩌다가 이렇게 됐습니까?"

"상황을 살피려고 차에서 내렸더니 갑자기 토사가 무너져 내려서요. 미처 피하지 못했어요."

"통증은 없습니까?"

"예. 하지만 어디에 걸린 모양인지 빠지지 않네요."

그녀의 다리는 토사와 함께 무너져 내린 돌 틈새에 끼여 있었다. 그리고 돌은 꽤 컸기 때문에 유라와 진영은 그저 지켜볼 수밖에 없는 모양이었다.

"잠시만 기다리세요."

현성은 여성의 다리를 압박하고 있는 돌덩이에 손을 가져다댔다. 그러자 진영이 무뚝뚝하게 한마디했다.

"소용없다. 이 돌을 치우려면 장비가 필요하다."

"진영 언니 말처럼 맨손으로는 어떻게 할 수 없을 거예요."

20대 초중반의 여성은 어색한 미소를 지으며 고래를 흔들었다. 그녀들은 포기한 듯 보였다. 이대로 구조대를 기다리는 편이 낫다고 생각하는 모양이었다.

하지만 지금 터널 안의 상황은 한가롭게 구조대를 기다리고 있을 만큼 녹록하지 않았다.

"포기하면 거기서 끝입니다. 하지만 마지막까지 노력을 한다면 기적이 생기기도 하지요."

현성은 피식 웃으며 말했다. 그리고 돌을 대고 있는 손에 마나를 집중하며 3클래스 마법을 시전했다.

'록 브로큰(Rock Broken)!'

파사삭!

그러자 돌의 일부가 부스러지면서 사라지는 게 아닌가?

"헉! 어, 어떻게……."

그녀들은 놀란 표정을 지었다.

그녀들의 상식에서는 이해할 수 없는 불가해한 방법으로

돌이 부서진 것이다.

"당신은 대체……."

괜히 객기를 부린다고 생각한 그녀들은 믿기지 않는 표정으로 현성을 바라봤다.

"조금 전에 제가 말했죠? 포기하지 않으면 때론 기적이 일어난다고요."

현성은 미소를 지어 보였다. 그리고 현성이 돌을 제거한 덕분에 20대 초중반 여성은 무사히 다리를 빼낼 수 있었다.

"구해줘서 고마워요."

20대 초중반의 여성은 현성에게 고개를 숙이며 감사를 표시했다.

"어려울 때는 서로 돕고 살아야죠."

여성의 말에 웃으며 대답한 현성은 자리에서 일어났다.

그리고 천천히 터널 내부를 둘러봤다.

현재 현성이 구한 생존자들은 총 여덟 명.

반경 수십 미터 내에서 더 이상 느껴지는 기척은 없었다.

'상황이 좋지 않군.'

터널 내부 상태를 파악한 현성은 세 명의 여성들을 바라보며 입을 열었다.

"일단 생존자들을 한 곳으로 모아야겠습니다."

그렇게 말한 현성은 살아남은 생존자들을 불러들였다.

그들은 자잘한 부상을 입고 있었지만 다행히 중상자는 없었다. 그리고 아반떼 승용차 운전석에서 기절해 있던 사내도 정신을 차려 있었다.

생존자들이 전부 모여들자 현성은 자신들이 처해 있는 상황을 설명했다.

"지금 여러분들도 알고 계시다시피 터널 출구가 막혔습니다. 현재 터널에서 빠져나가려면 뒤로 돌아갈 수밖에 없어요."

"터널 입구 쪽으로 되돌아가자고? 그게 대체 무슨 소린가?"

그 말에 현성과 함께 버스를 타고 있던 50대 중반의 사내가 얼토당토않다는 표정으로 반문했다.

터널 내부의 길이는 대략 1킬로미터 정도로 그들이 사고를 당한 장소는 800미터 지점이었다. 앞으로 200미터만 더 가면 터널을 빠져나갈 수 있는 것이다.

하지만 200미터가 남은 구간은 토사 붕괴로 무너져 내렸다.

터널에서 탈출하려면 반대쪽 출구뿐이지만, 그곳으로 가려면 무려 800미터를 헤쳐 나가야 했다.

"그냥 이대로 구조대를 기다리는 편이……."

50대 중반 사내의 말에 이어 20대 초반의 청년이 불안한 얼굴로 말했다.

하지만 현성은 고개를 흔들었다.

"지금 사고로 인해서 터널 내부에 있는 공기정화장치가 작동을 정지하고 있어요. 구조대가 올 때까지 느긋하게 기다릴 여유가 없습니다. 이대로 가다간 연기에 질식하고 말겁니다."

"그, 그런……."

현성의 말에 생존자들은 난감한 표정을 지었다.

터널 내부는 곡선으로 되어 있었기 때문에 반대쪽 출구가 어떻게 되어 있는지 알 수 없는 상황이었다.

거기다 점점 차오르고 있는 뿌연 연기 탓에 시야가 잘 보이지 않았다. 그 속에서 어떤 위험이 도사리고 있을지 모르는 800미터 구간을 헤쳐 나가야 한다는 사실은 생존자들에게 미지의 불안감을 느끼게 하기에 충분했다.

"만약 뒤로 되돌아갔는데 그곳도 무너져 있으면 어떻게 할 생각인가?"

"그건 그때 가서 생각해볼 문제죠. 하지만 적어도 이곳에서 가만히 있는 것보단 낫다고 생각합니다."

어쩌면 입구와 출구 양쪽 모두가 다 무너져 있을지도 몰랐다. 하나 현성은 희망을 버리고 싶지 않았다. 그리고 현성의 말을 들은 생존자들은 생각에 잠기는 눈치였다.

"알겠네. 이동하기로 하지."

결국 생존자들은 800미터 구간을 헤쳐 나가기로 결정을 내렸다. 그리고 이동을 시작하기 전 50대 중반 사내가 현성을 바라보며 말했다.

"그런데 대체 무슨 일이 생긴 건가? 멀쩡하던 터널이 무너지다니?"

"글쎄요… 지진이라도 난 게 아닐까요?"

중년 사내의 말에 대답하며 현성은 고개를 흔들었다.

터널 전체가 흔들렸다는 사실을 봤을 때, 지진이 일어났다고밖에 생각할 수 없었다.

"지진이라… 일본이면 또 모를까 우리나라에서 지진이 일어나다니 말세군 말세야."

한숨을 내쉬는 50대 중반 사내의 말에 현성은 살짝 쓴웃음을 지었다.

제 10 장
생존자들

생존자들은 현성을 필두로 터널 내부를 걷고 있었다.

처음 위치에서 약 백여 미터 정도 이동했을 때, 실랑이를 벌이는 목소리가 들려왔다.

"이, 이거 봐! 난 이런 곳에서 죽을 수 없어!"

"서, 선배님!"

아직 터널 안에 생존자들이 남아 있는 모양이었다.

자연히 생존자들의 걸음걸이는 빨라졌다. 그리고 얼마 지나지 않아 목소리가 들려온 장소에 도착했다.

그곳에는 불길에 휩싸여 있는 산타페 한 대가 뒤집어져 있었다. 또한 운전석에서 20대 초반으로 보이는 청년 한 명이 반쯤 기어 나와서 20대 중후반 정도 되는 사내의 다리를 붙잡고 있는 모습이 보였다.

"야! 지금 나까지 죽일 셈이냐? 이거 빨리 놔!"

"도, 도와주세요. 선배님!"

"닥쳐!"

다리를 붙잡힌 사내는 악을 쓰며 운전석에서 기어 나온 청년의 머리를 발로 찼다. 그리고 기어이 다리를 빼내더니 뒤도 돌아보지 않고 출구 쪽으로 달려 나갔다.

그만큼 산타페의 상황은 위험했다.

보닛에서는 불길이 일어나고 있었으며, 기름도 새고 있었던 것이다.

언제 어느 때 차가 폭발할지 알 수 없는 위험한 상황이었다.

문제의 심각함을 인지한 현성은 산타페 자동차를 향해 빠른 걸음걸이로 다가갔다.

"괜찮습니까?"

"아, 누구······?"

돌연 말소리가 들려오자 청년은 정신을 제대로 차리지 못한 눈으로 고개를 들었다.

현성은 그를 바라보며 말했다.

"터널 생존자입니다. 잠시만 기다려보세요."

현성은 산타페 내부를 확인했다.

차안에는 청년 말고도 뒷좌석에 남자 두 명이 더 있었다. 아무래도 친구인 모양이었다.

'흠, 서둘러야겠군.'

현성은 우선 운전석에 있는 청년을 끌어냈다.

"이 사람 좀 돌봐주세요."

산타페에서 어느 정도 청년을 떨어트린 후, 현성은 그를 생존자들에게 맡겼다. 그리고 다시 차로 다가갔다.

펑!

그때 산타페가 한번 들썩이면서 작은 폭발음이 울려 퍼졌다.

"……!"

그 소리에 화들짝 놀란 생존자들이 산타페 차량 쪽을 바라봤다. 그리고 유라가 현성을 향해 소리쳤다.

"이제 그만 돌아오세요! 차가 언제 폭발할지 모르잖아요!"

"아직 괜찮아요!"

하지만 현성은 포기 할 생각이 없었다.

'시간이 없다!'

더 이상 지체할 수 없다고 판단한 현성은 산타페의 뒷좌석 문을 열며 남은 청년 두 명을 꺼내기 위해 분주하게 움직였다.

"……."

그 모습을 바라보는 유라의 심정은 조마조마했다.

불이 붙이 붙어 있는 산타페가 언제 폭발할지 모르는 위험한 상황이었으니까.

'부디 무사하기를……!'

유라를 비롯한 생존자들은 초조한 눈으로 현성을 바라보고 있었다.

'스트랭스(Strengh)!'

현성은 청년들을 구하기 위해 근력강화마법을 시전했다.

청년들은 특별한 외상은 보이지 않았지만 완전히 정신을 잃고 있었다.

현성은 한명씩 차분하게 산타페에서 청년들을 꺼냈다. 그리고 양 어깨에 한 명씩 짊어졌다.

자신보다 덩치가 큰 대학생 두 명을 짊어졌지만 현성의 발걸음은 거침이 없었다.

그렇게 현성이 생존자들이 있는 곳에 도착한 순간,

콰앙!

기어이 산타페가 폭음과 함께 폭발했다.

"후……."

청년들을 바닥에 내려놓은 현성은 산타페를 바라보며 안도의 한숨을 내쉬었다. 그리고 생존자들은 현성을 놀라움과 대견함이 뒤섞인 눈으로 바라봤다.

나이도 많아 보이지 않는 학생이 자신의 목숨을 걸고 사람을 구해오다니!

"학생 참 대단하구만."

"수고했어요."

생존자들은 저마다 한마디씩 현성에게 건넸다.

유라 또한 현성을 슬며시 흘겨보며 말했다.

"이제 위험한 일은 하지 말아주세요."

"노력해 보죠."

유라의 말에 현성은 쓴웃음을 지어 보였다.

"정말 고맙습니다."

그때 산타페 운전석에서 구한 청년이 현성에게 고개를 숙이며 감사의 인사를 전했다. 현성은 청년을 바라봤다.

"괜찮습니다. 그보다 몸은 괜찮나요?"

"예."

청년은 눈시울을 붉혔다. 믿었던 대학교 선배에게는 버림받고 생명부지인 자신의 목숨을 구해주고, 걱정을 해주고 있었다. 청년은 현성에게 말로 표현하기 힘든 고마움을 느꼈다.

"으으……."

그리고 산타페 뒷좌석에서 정신을 잃고 있던 청년들이 깨어나기 시작했다. 생존자들은 정신을 차린 청년들에게 자초지종을 설명했다.

그러자 상황을 파악한 청년들은 분통을 터뜨렸다.

설마 선배라는 인간이 자신들을 버리고 도망을 칠거라고는 생각지도 못한 일이었기 때문이다.

그나마 다행스럽게도 청년들은 움직이는데 지장이 없었
다.

"자, 그럼 다시 이동하죠."

잠시 이야기를 나눈 생존자들은 터널을 탈출하기 위해 움
직이기 시작했다.

*　　　*　　　*

터널 내부의 상황은 갈수록 악화되어 갔다.

불이 나고 있는 장소가 점점 더 늘고 있었으며, 매캐한 검
은 연기가 짙어지고 있었던 것이다.

생존자들은 물을 적신 손수건으로 코와 입을 막고 터널 안
을 이동해야 했다.

"사, 사람 살려!!"

그때 생존자들의 전방에서 구조요청을 외치고 있는 사람
의 목소리가 들려왔다. 다급한 목소리에 생존자들의 발걸음
이 빨라졌다.

잠시 후 생존자들은 목소리가 들려온 장소에 도착했다.

그곳은 온통 화염으로 불타오르고 있는 장소였으며, 일렁
이는 화염 사이로 약 2~30미터 정도 떨어진 곳에 쓰러져 있
는 인물이 있었다.

조금 전 산타페에 타고 있던 청년들을 버리고 도망친 사내

였다. 사내는 터널 도로에서 가로로 엎어져 있는 상태였으며, 무너진 벽에 다리가 반쯤 묻혀 있는 상황이었다.

"박성민 선배……."

화염에 둘러싸인 채 오도 가도 못하고 쓰러져 있는 사내, 박성민을 청년들은 곱지 않은 눈으로 바라봤다.

"기, 기명아! 준영아! 진수야! 살려줘!!"

박성민은 얼마 떨어지지 않은 곳에 자신들의 후배들이 있자 있는 힘껏 소리를 치며 구조를 요청했다.

"……."

하지만 청년들은 서로 눈치를 보더니 고개를 돌려버렸다.

박성민을 도와주려면 불길 속을 헤치고 뛰어들어야 했다. 그것은 곧 목숨을 걸어야 한다는 소리였다.

과연 자신들을 버리고 혼자 도망간 그를 구해줄 가치가 있는 것일까?

"물러서세요."

어떻게 해야 할지 갈등하고 있는 청년들에게 현성이 입을 열었다. 그러자 모든 생존자들의 시선이 현성을 향했다.

"설마 저 사람을 구해줄 생각인가요?"

"예. 그는 아직 살아 있으니까요."

유라의 말에 현성은 담담한 얼굴로 대답하며 미소를 지었다. 그리고 화염 속에 휩싸여 있는 박성민을 바라봤다.

사실 현성도 박성민이 마음에 들지 않았다.

자기 혼자 살기 위해 후배들을 버린 지극히 개인이기적인 인간이었으니 말이다. 하지만 그렇다고 죽어가고 있는 사람을 못 본 척할 수는 없었다.

"무슨 말을… 너무 위험해요!"

유라는 걱정이 가득한 얼굴로 소리쳤다.

박성민을 구하려면 아무런 보호 장비도 없이 불속으로 뛰어 들어야 했다. 그리고 뜨거운 화염과 희박한 공기 속에서 끊임없이 목숨의 위협을 받아야 했기에 잘못하면 죽을 수도 있었다.

하지만 현성은 유라를 향해 빙긋 웃어 보일 뿐이었다.

"절 믿어요."

'아…….'

현성의 미소를 본 유라는 자기도 모르게 가슴이 뛰며 얼굴이 붉어졌다.

그런 유라를 뒤로한 현성은 생존자들을 향해 입을 열었다.

"여러분들은 여기서 기다리고 계세요."

"자네, 정말 갈 텐가?"

"너무 위험한 것 같은데……."

생존자들은 유라와 마찬가지로 현성을 걱정하며 말렸다.

자신을 걱정해 주는 생존자들을 바라보며 현성은 빙긋 웃으며 말했다.

"걱정하지 마세요. 곧 돌아오겠습니다."

현성은 단숨에 화염을 돌파할 생각이었다.

'프로텍션 프롬 파이어(Protection From Fire)!'

강한 화염의 내성을 지니게 하는 4클래스 화염계 마법을 자신의 몸에 시전한 현성은 거침없이 화염 속으로 몸을 던졌다.

그러자 생존자들은 놀란 얼굴로 숨을 삼켰다.

현성이 진짜로 불속에 뛰어 들 줄은 몰랐던 것이다.

'……'

그리고 차마 불속에 뛰어드는 현성을 붙잡지 못한 유라는 그저 멍하니 일렁이는 화염을 바라봤다.

이제 그녀가 할 수 있는 일은 현성이 무사히 돌아오기를 바라며 기도하는 것뿐이었다.

그런 유라의 어깨위에 서진영이 위로하듯 손을 얹었다.


한편, 화염 속으로 뛰어든 현성은 바닥에 쓰러져 있는 인물을 향해 다가갔다.

"이봐요. 괜찮아요?"

"으으… 콜록콜록!"

터널 바닥에 쓰러져 있는 박성민은 연기 때문에 기침을 하며 반쯤 정신을 놓고 있었다.

'좋지 않군.'

현성은 살짝 눈살을 찌푸렸다.

주변에서 느껴지는 뜨거운 열기와 질식 할 것 같은 연기도 문제였지만, 박성민의 다리가 토사에 묻혀 있다는 사실이 더 큰 문제였다.

현성은 일단 박성민에게 프로텍션 프롬 파이어를 시전했다.

이제 뜨거운 열기는 어느 정도 버틸 수 있을 것이다.

하지만 부족한 산소와 매캐한 연기 때문에 오랫동안 화염 속에 있을 수 없었다. 현성은 시험 삼아 박성민의 다리를 토사 속에서 빼내려고 했다.

"악!"

그러자 박성민은 혼탁한 의식 속에서도 냅다 비명을 질렀다. 역시 다리를 다친 모양이었다.

'어쩐다?'

현성은 난감한 표정을 지었다.

이런 화염 속에서 더 이상 시간을 지체할 수 없었다. 그리고 밖에서 기다리고 있는 생존자들을 데리고 한시라도 빨리 터널을 탈출해야 했다.

그런데 벌써부터 난관에 봉착한 것이다.

'어쩔 수 없다.'

현성은 마음을 독하게 먹었다.

'스트랭스(Strengh)!'

근력증강마법을 시전한 현성은 박성민의 몸을 다짜고짜

끌어당겼다.

"크아아아악!!!"

현성이 무리하게 토사에서 다리를 빼내자 박성민은 눈을 부릅뜨며 비명을 질렀다.

"아으으……."

흐릿하던 의식이 한 순간에 날아간 박성민은 다리에서 느껴지는 통증 때문에 신음을 흘렸다.

현성은 박성민의 다리를 살펴봤다. 토사가 무너질 때 다리가 깔리면서 발목이 부러진 모양이었다.

'힐(Heal)!'

현성은 회복 마법으로 박성민의 다리를 치료했다. 완치까지는 되진 않았지만 어느 정도 통증완화는 되었을 것이다.

현성은 박성민을 부축하며 입을 열었다.

"일어나세요. 빨리 이곳에서 벗어나야 합니다."

그러자 박성민은 정신을 추스르며 현성을 바라봤다.

"누, 누구……?"

"도와주러 온 사람입니다."

"아……."

박성민은 현성을 복잡한 눈으로 바라봤다.

이런 위험한 장소에서 자신을 구하기 위해 나타난 사람이 있다니! 게다가 자세히 살펴보니 자신보다 어려 보이는 학생이지 않은가?

"고맙습니다. 정말 고맙습니다."

"감사 인사는 됐어요. 그보다 여길 나가게 되면 저랑 약속 하나 해주세요."

"……?"

현성의 말에 박성민은 의아한 표정을 지었다.

"당신이 버리고 간 후배들에게 사과하세요."

"……!"

박성민의 표정이 굳어졌다.

사실 그는 나쁜 인간이 아니었다. 목숨이 위급한 상황이 생기자 살아야겠다는 생각만이 머릿속을 가득 지배했던 것이다.

하지만 자기 혼자 살겠다고 도망쳤다가 죽음이 임박해 오자 박성민은 크게 후회했다. 자신이 왜 그랬는지 의아할 정도였다.

박성민은 눈가에 눈물을 한줄기 흘렸다.

"예. 다시 한 번 그 녀석들을 보고 싶어요."

그 말에 현성은 작은 미소를 지었다. 그리고 박성민을 등에 업은 후, 미리 준비해둔 물에 적신 손수건을 박성민에게 건네 주었다.

"절 꼭 붙잡으세요. 이제 이곳에서 빠져나갈 겁니다. 숨을 크게 들이마시세요."

현성의 말을 박성민은 고개를 끄덕였다.

그 직후 현성은 지체 없이 불길 속으로 몸을 던졌다.

뜨거운 열기가 박성민과 현성을 덮쳤지만 화염 내성 마법 덕분에 큰 피해는 받지 않았다.

잠시 후, 현성과 박성민은 무사히 화염 속을 빠져나올 수 있었다.

"저, 저기 나왔다!"

"물 가져오세요!"

현성이 박성민을 업고 화염 속을 빠져나오자 생존자들은 분주해졌다. 물을 적신 수건으로 현성과 박성민을 덮으며 조금이라도 열기를 식혔다.

그리고 박성민은 다리를 다치고 약간의 화상과 연기에 질식 직전까지 갔지만 다행히 생명에 지장은 없었다.

화염 속에서 탈출한 후, 얼마 지나지 않아 정신을 완전히 차린 박성민은 멍한 눈으로 주위를 둘러봤다.

그러다가 자신의 후배들과 눈을 마주쳤다.

"……!"

순간 그들은 서로 화들짝 놀라며 고개를 돌렸다. 그 후 대화는커녕 눈도 마주치지 않았다.

그 모습을 지켜보던 현성은 물끄러미 박성민을 바라봤다.

그러자 화염 속에서 현성과의 약속을 떠올린 박성민은 번뇌에 휩싸였다. 잠깐 동안 생각에 잠긴 그는 이윽고 무언가 결심한 표정으로 불편한 다리를 질질 이끌며 후배들 세 명 앞에 다가가 섰다. 그리고 그대로 엎드리며 소리쳤다.

"내가 정말 너희들에게 못할 짓을 했다! 미안하다!"

"……!"

그의 행동에 후배들은 놀란 표정을 지었다.

이렇게 공개적으로 사과를 해올 줄은 몰랐던 것이다.

"선, 선배……."

후배들은 박성민을 에워쌌다.

대학에서 박성민을 비롯한 그들은 친형제와 다름없이 지냈다. 그런데 터널에서 사고가 터진 후, 박성민은 그들을 버렸고 그들 또한 박성민을 죽게 내버려 두었다.

그 사실에 그들은 서로 마음이 편치 않았다.

그런데 지금 박성민이 먼저 자신들에게 땅바닥에 엎드리며 사죄를 하고 있는 것이다.

"우리도 미안해요, 선배!"

후배들은 박성민의 사과에 고개를 숙였다.

그리고 그들은 현성을 향해 고개를 숙이며 감사의 뜻을 전했다. 현성이 아니었으면, 자신들은 꼼짝 없이 죽었을 테고 지금 이렇게 다시 뭉치지 못했을 테니 말이다.

그렇게 박성민과 후배들은 1차적으로 관계를 회복할 수 있었다. 앞으로 그들의 관계는 시간이 해결해 줄 터였다.

박성민과 후배들 간의 일이 일단 마무리 되자, 현성은 생존자들을 둘러보며 말했다.

"자, 그럼 다시 가죠. 아직 갈 길은 머니까요."

그 말에 떠날 준비를 시작한 생존자들은 터널 내부를 헤치며 이동을 하려고 했다.

바로 그 순간 현성은 알 수 없는 불안감에 휩싸였다. 그리고 그 느낌이 유라와 연관되어 있다는 사실을 알아차렸다.

"엎드려요!"

현성은 지체 없이 유라를 감싸며 땅바닥에 엎드렸다.

타앙!

그 직후, 터널에서 절대 들릴 리 없는 총성이 울려 퍼졌다.

'총성이라고?'

유라와 함께 땅바닥에 엎드린 현성은 놀란 눈으로 바닥에 파여진 총탄 자국을 바라봤다.

그리고 무엇보다 중요한 사실은 총탄이 유라를 노렸다는 사실이었다.

'대체 누가……?'

현성은 눈살을 찌푸리며 총성이 울려 퍼진 쪽을 바라봤다.

총성은 터널 입구 쪽에서 들려왔다. 현성의 위치에서 터널 입구까지는 약 400미터 정도 되는 약간 곡선으로 휜 도로였다. 그 때문에 터널 입구까지 시야는 그럭저럭 보이고 있었다.

하지만 그 어디에도 총을 쏜 인물은 보이지 않았다.

"괜찮아요?"

"예."

현성의 말에 유라는 창백한 안색으로 고개를 끄덕였다. 아무래도 총소리에 굉장히 놀란 모양이었다.

"이쪽으로."

현성은 몸을 반쯤 일으킨 후 유라를 데리고 재빠르게 근처에 있던 차 뒤로 움직였다.

그 뒤를 따라 진영과 20대 초중반의 여인도 차 쪽으로 이동했다.

그 순간,

타앙!

다시 한 번 총성이 터널 내부를 뒤흔들었다.

하지만 다행스럽게도 그들은 간발의 차이로 탄환을 피하며 차 뒤에 몸을 숨길 수 있었다.

"대체 무슨 일입니까?"

현성은 눈살을 찌푸리며 입을 열었다.

총기법이 엄격한 대한민국에서 저격 총탄이라니?

총성과 상황으로 보아 정체불명의 적은 터널 밖에서 볼트 액션식 저격총을 쏘고 있음이 분명했다.

그 사실에 현성은 기가 막혔다.

"죄송해요. 저 때문에……."

유라는 침울한 표정으로 고개를 숙였다. 흉탄은 명백하게 그녀를 노리고 있었다.

지금 벌어지고 있는 일이 유라 때문이라고 해도 과언이 아니었다. 아니, 어쩌면 터널에서 일어난 사고도 유라를 노린 것일지도 몰랐다.

"누가 우리를 노리고 있는 겁니까?"

"모른다. 이런 일은 처음이라……"

현성의 말에 진영이 입술을 잘근잘근 깨물며 대답했다.

지금까지 유라를 어떻게 해보려고 한 자들은 있었지만, 이번처럼 대놓고 본격적으로 목숨을 노린 적은 없었다.

대체 누가 자신들을 노리고 있는지 짐작도 가지 않았다.

그 때문에 진영은 겉으로는 침착해 보였지만 속은 패닉 상태였다.

뭘 어떻게 해야 좋을지 알 수가 없었다.

"우, 우선 신고부터 해요."

그때 겁에 질린 얼굴로 소연이 제안을 했다.

하지만 그 말에 현성은 고개를 저었다.

"이곳에서는 휴대폰이 안 터져요. 밖으로 연락은 불가능합니다."

지금 그들이 있는 곳은 터널 내부였다. 거기다 터널은 산으로 둘러싸여 있었다. 휴대폰의 전파 상태가 좋을 리 없었다.

"그럼 어떻게 해야……"

소연이 울상을 지었다.

엄폐 중인 차를 벗어나면 자신들을 노리고 총탄이 날아들

터. 지금은 저쪽이 먼저 지칠지, 아니면 이쪽이 먼저 지칠지 농성을 벌 일 수밖에 없었다.

현성은 터널 안을 둘러봤다.

약 스무 명 정도 되는 생존자들은 조금 전 총소리에 놀란 얼굴로 돌더미나 차 뒤에서 몸을 웅크리고 있었다.

'아무래도 장기전이 될 것 같군.'

터널 입구를 날카롭게 노려보며 현성은 눈살을 찌푸렸다.

*　　　*　　　*

"Goddam!"

터널 입구에서 약 100미터 정도 떨어진 지점.

그곳에서 길리슈트로 위장하고 있던 비글은 저격 스코프에서 눈을 떼며 혀를 찼다. 타깃이 살아 있는 것을 확인한 후, 사살 하려고 했지만 방해가 들어와서 실패했기 때문이다.

그뿐만이 아니라 차 뒤에서 몸을 숨기고 나올 기미도 보이지 않았다.

비글은 탐탁지 않은 표정으로 단파 무전기를 꺼내 들었다.

"타깃의 생존 확인. 사살하려고 했지만 실패했다."

―흠, 역시 살아 있었나?

단파 무전기에서 슈나이저의 목소리가 흘러나왔다.

슈나우저와 코카스파니엘은 타깃이 살아남았을 때를 대비

해 터널 입구에서 대기 중이었다. 그리고 저격으로 노릴 수도 없는 상황이었기에 그들을 투입할 수밖에 없었다.

비글은 차가운 목소리로 명령을 내렸다.

"지금부터 터널 내부로 진입. 타깃을 포함한 모든 생존자들을 제거해라."

─Roger.

슈나우저의 대답을 끝으로 통신은 끊겼다.

터널을 폭파 시켰음에도 불구하고 타깃이 살아남은 이상 직접 손을 쓸 수밖에 없었다.

'어디까지나 사고사로 보여야 한다.'

자신들이 개입한 흔적을 한국 정부가 알게 되면 여러모로 껄끄러워진다. 그 때문에 터널 안에서 살아남은 모든 생존자들을 제거하고 남은 폭탄을 전부 써서 모든 증거를 날려 버릴 생각이었다.

터널이 사고로 무너졌다는 연출을 하기 위해서 말이다.

'임무는 반드시 성공시킨다!'

비글은 저격 스코프에 다시 눈을 가져다댔다. 그리고 자신의 애총인 DSR─1을 겨누며 슈나이저와 코카스파니엘의 엄호를 시작했다.

제 11 장
해외 용병의 습격

"……!"

현성은 터널 입구 쪽에서 다가오고 있는 마나를 느꼈다.

느껴지는 마나는 단 둘!

'올 것이 왔군.'

드디어 적 쪽에서 움직임을 보인 것이다.

현성은 자신과 마찬가지로 차 뒤에서 엄폐를 하고 있는 여성들에게 입을 열었다.

"지금 터널 안으로 들어온 사람들이 있습니다."

"터널에 사람들이 들어왔다고?"

현성의 말에 진영은 터널 입구를 확인하기 위해 차 밖으로 고개를 내밀려고 했다. 그러자 현성은 다급하게 그녀의 어깨를 움켜쥐며 소리쳤다.

"멈춰요!"

"큭!"

진영은 현성이 움켜쥔 어깨가 아픈지 신음 소리를 흐리며 몸을 멈췄다.

'무슨 힘이…….'

진영은 눈살을 찌푸리며 현성을 바라봤다. 그런 그녀의 모습에 현성은 조용히 말했다.

"미안해요. 하지만 지금 머리를 내밀면 안 됩니다. 적이 노리고 있을지도 모르니까요."

"그걸 어떻게 아신 거죠? 한 번도 차 너머로 고개를 내밀거나 살피는 모습은 보지 못했는데……."

이번에는 유라가 의아한 표정으로 조심스레 입을 열었다.

그녀는 차 뒤로 엄폐를 한 후 현성을 의식하고 있었다.

그 덕분에 현성이 차 너머를 확인 한 적이 없다는 사실을 알고 있었다.

"보지 않아도 아는 수가 있지요."

현성은 유라의 말에 피식 웃어 보였다. 그리고 화제를 전환하기 위해 재차 말을 일었다.

"아무튼 지금 두 명이 우리 쪽으로 다가오고 있습니다. 분명 그쪽을 노리고 있는 자들일 겁니다."

"근거는?"

진영의 물음에 현성은 그녀를 물끄러미 바라보더니 한마디했다.

"이곳까지 살기가 느껴지거든요."

"뭐?"

진영은 현성의 말에 기가 막힌다는 표정을 지었다.

단순히 살기라는 말 때문에 그런 것은 아니다.

그녀 또한 지금까지 남자들 사이에서 수많은 대련을 해왔고, 5년이 넘는 경호 생활 동안 다져진 실전 덕분에 살기가 무엇인지 알고 있었다.

하지만 여기서 터널 입구까지 거리가 얼마나 되는데 살기가 느껴진단 말인가.

"농담은 적당히……."

"쉿."

그때 현성이 진영의 말을 막았다. 자신들을 향해 다가오던 기운이 돌연 멈췄던 것이다.

터널 안에는 숨이 막힐 것 같은 적막감이 감돌았다.

마치, 폭풍 전야와 같은 적막감이.

투타타타타타타!

돌연 터널 안에서 시끄러운 총성이 울려 퍼졌다.

공기를 가르는 파공성과 귀를 얼얼하게 만드는 총성이 가슴을 뒤흔들었다.

그 뒤를 이어 무수한 총탄들이 터널 안을 유린하기 시작했다. 현성이 숨어 있는 차뿐만이 아니라 다른 생존자들이 있는 곳에까지 총탄이 날아들었다.

그야말로 무차별 난사라고 할 수 있었다.

"꺄아아아악!"

엄폐하고 있는 차의 유리창이 박살 나며 후두둑 쏟아져 내리자 유라가 비명을 내질렀다. 그리고 그녀뿐만이 아니라 이곳저곳에서 생존자들의 비명 소리가 들려왔다.

그 소리에 현성은 눈살을 찌푸렸다.

'대한민국에서 총기난사를 하는 미친놈들이 있다니. 설마 터널을 붕괴시킨 것도 저놈들 짓인 건……?'

현성은 차 뒤에서 몸을 숙이며 차가운 표정을 지었다.

지금 총을 쏘고 있는 놈들과 거리는 대략 2, 300미터 정도.

쉴 새 없이 쏟아지는 총탄으로 보아 놈들은 어설트 라이플을 쏘고 있는 모양이었다.

그 총탄세례를 피하고 접근하기에는 거리가 멀었다.

'하지만 이대로 있을 수는 없지.'

현성은 조용히 레이포스로 육체를 활성화 시키며 헤이스트를 시전했다.

최대한 빠르게 돌격해서 근접전투를 벌일 생각이었다.

'기회가 있다면 탄창을 교환할 때일 뿐!'

물론 그 시간은 길지 않을 것이다. 거기다 처음 유라를 노렸던 저격도 신경을 써야 했다.

현성은 조용히 심호흡을 내쉬며 때를 기다렸다.

'지금이다!'

순간 총성이 멈췄다. 분명 탄창을 갈아 끼우고 있으리라.

현성은 재빠르게 차를 벗어났다. 그러자 차 뒤에서 같이 숨어 있던 여성들이 놀라는 기색이 전해졌다.

하지만 그것을 무시하고 현성은 전방을 질주했다.

약 200미터 앞에서 살짝 놀란 표정을 짓고 있는 외국인 사내 두 명이 보였다.

그들의 손에는 HK G36C 서브머신건이 들려 있있다.

자동소총인 HK G36을 SMG화한 서브머신건으로 5.56mm NATO탄을 쓴다. 덕분에 파괴력과 관통력은 일반 서브머신건을 웃도는 성능을 자랑한다.

그들은 현성이 차 뒤에서 튀어나오자 허둥지둥 탄창을 갈아 끼웠다.

타타탕! 타타탕!!

그리고 현성을 향해 3점사로 사격을 해오기 시작했다.

조금 전 무차별 난사에 비해 명중률이 극단적으로 올라간 사격법이었다.

하지만 현성은 지그재그로 고속 이동을 하면서 간발의 차이로 총탄을 회피했다. 그리고 터널 벽면을 타고 달리거나 공중제비를 돌며 확실하게 그들과 거리를 좁혀갔다.

단거리 공간 이동 마법인 블링크를 쓰면 좋겠지만 생존자들의 눈이 있었다.

그 때문에 현성은 가급적이면 눈에 띄지 않게 헤이스트 마법과 레이포스를 활성화하며 빠르게 접근했다.

그렇게 현성이 접근하고 있을 때 돌연 총성이 찾아들었다.

'음?'

현성은 고개를 들어 사내들을 바라봤다. 다급한 기색으로 탄창을 갈아 끼우는 사내들의 모습이 보였다. 현성은 입 꼬리를 말아 올리며 일직선으로 전력 질주를 시작했다.

타앙!

그때 터널을 뒤흔드는 단발 총성이 울려 퍼졌다. 터널 밖에서 날아온 저격탄이었다.

"……."

설마 이 타이밍에 저격탄이 날아올 줄이야!

다행히 저격탄이 도달하기 전 이미 현성은 최대한 터널 바닥 쪽으로 몸을 낮추고 있었다.

음속을 뛰어넘는 저격탄을 감각만으로 피한 것이다.

그렇게 저격탄을 회피한 현성은 주저 없이 눈앞에 있는 사내들을 향해 달려들었다.

재장전에는 분명 시간이 걸릴 터.

'남은 거리는 이제 약 백여 미터 정도.'

이쯤에서 현성은 마법으로 외국인 사내들을 제압하고 싶

었지만 아직 등 뒤에는 생존자들이 남아 있었다.

그들 앞에서 마법을 쓰는 장면을 보이고 싶지 않았다.

'요컨대 보이지만 않으면 되는 거지.'

좋은 생각이 떠올랐는지 현성은 입가에 미소를 지었다. 그리고 눈앞에 있는 외국인 사내들을 노려보며 마법을 시전했다.

'블라인드(Blind)!'

블라인드는 일시적으로 대상자의 눈을 실명 시키는 2클래스 마법이었다. 마법을 시전하는데 눈에 띄는 현상도 없을 뿐더러, 효과는 대상자에게 밖에 발휘되지 않는다.

"What The Fuck!"

효과는 이내 나타났다.

탄창을 교환하고 현성을 향해 총구를 겨누려고 하던 외국인 사내들이 돌연 영어로 욕을 내뱉으면서 당황스러워하기 시작한 것이다.

그때를 놓치지 않고 현성은 외국인 사내들을 향해 빠르게 접근했다. 몇 초 지나지 않아 현성은 외국인 사내들 앞에 설 수 있었다.

"Hey."

현성은 외국인 사내의 어깨를 툭 치며 말을 걸었다. 그와 동시에 블라인드 마법도 풀렸다.

현성이 말을 건 외국인 사내는 다름 아닌 코카스파니엘이었다. 코카스파니엘은 현성이 바로 눈앞에 서 있자 놀란 표정을 지었다. 그리고 다급히 총구를 겨누려고 했다.

하지만 그때는 이미 스톤 마법이 걸려 있는 현성의 주먹이 코카스파니엘의 명치에 꽂혀 들어가고 있었다.

"크헉!"

코카스파니엘은 비명을 토하며 몸이 기역 자로 꺾였다. 거기에 현성은 몸을 빙글 돌리며 코카스파니엘의 등 중앙에 팔꿈치를 꽂아 넣었다. 그러자 코카스파니엘은 입에 게거품을 물며 터널 바닥 위로 쓰러졌다.

"남은 건 이제 한 명."

현성은 차가운 얼굴로 남아 있는 외국인 사내, 슈나우저를 바라봤다. 슈나우저는 놀란 표정을 짓고 있었지만 여러 전장을 헤쳐 온 용병답게 응수해 왔다.

현성에게 총구를 들이대며 총탄 세례를 퍼부었던 것이다.

투타타타!

바로 코앞에서 쏟아지는 HK G36C 기관단총의 총탄 세례를 현성은 슈나우저의 몸 주위를 맴돌며 피했다.

지근거리에서의 연사였지만, 레이포스와 헤이스트 덕분에 일반인을 뛰어넘는 운동신경과 반응속도를 가지고 있었기 때문에 충분히 피할 수 있었다.

그리고 좌우로 움직이면서 저격수를 교란시켰다.

그렇게 한동안 몸을 피하는 동안,

"……!"

총성이 멎었다. 서른 발의 탄환이 전부 소진된 것이다.

'지금이다!'

현성은 슈나우저를 향해 달려들었다. 그와 동시에 슈나우저도 군용 대검을 재빠르게 뽑아들며 응전태세를 취했다.

그 모습을 본 현성은 피식 웃음을 흘렸다.

"헛수고다."

파직파직.

현성의 손에서 푸른색 전광이 번쩍이고 있었다. 2클래스 마법 라이트닝 쇼크였다. 현성은 자신을 향해 찔러 들어오는 군용 대검을 노려봤다. 그리고 슈나우저의 오른 손목을 향해 전광석화처럼 돌려차기를 먹였다.

"큭!"

오른손에 들려 있던 군용 대검이 공중을 부유하더니 터널 바닥에 떨어졌다. 그와 동시에 푸른색 전광을 머금은 현성의 오른손이 슈나우저의 옆구리에 꽂혔다.

"크아아아악!!!"

슈나우저는 마치 감전된 것처럼 몸을 부들부들 떨다가 이내 털썩 자리에서 무너져 내렸다.

어썰트 라이플로 무장한 용병 두 명을 압도적인 무력으로 쓰러뜨린 것이다.

"남은 건……."

현성은 터널 밖을 노려봤다. 눈앞에 보이는 산속 어딘가에 자신을 노렸던 저격병이 있을 것이다.

타앙!

아니나 다를까 터널 입구에서 밖을 바라보는 현성을 노리고 7.62mm NATO탄이 쇄도해 왔다.

하지만 총성이 울리기 전에 이미 현성은 저격탄을 피하기 위한 동작에 들어가 있었다.

가볍게 저격탄을 회피한 현성은 지체 없이 터널에서 뛰쳐 나갔다. 그리고 터널 안에 있을 생존자들의 시야가 보이지 않는 곳으로 이동했다.

"다음은 네놈 차례다."

현성은 저격탄이 날아온 쪽을 노려보며 조용히 중얼거렸다.

그 직후 현성의 모습은 완전히 사라졌다.

\*　　　\*　　　\*

"Damn it"

비글은 욕지거리를 내뱉었다.

나이도 얼마 되지 않아 보이는 민간인 한 명이 코카스파니엘과 비글을 순식간에 쓰러뜨릴 줄은 생각지도 못한 일이었다.

그뿐만이 아니라, 놈은 믿을 수 없게도 자신의 저격을 피했다. 마치 자신의 저격을 예측이라도 한 것처럼.

그리고 터널 밖으로 뛰쳐나가는 것까지 저격 스코프로 확인했지만 그 이후로는 오리무중이었다. 뒤늦게 고배율 망원경으로 주변을 확인 해봐도 찾을 수가 없었다.

"어디로 사라진 거지?"

코카스파니엘과 슈나우저가 쓰러진 지금 타깃 암살이 문제가 아니었다. 자신들의 임무를 방해한 놈을 한시라도 빨리 찾아서 사살해야 했다.

그렇지 않으면 자신이 당할 거라는 불길한 예감이 비글의 머릿속을 지배하고 있었다.

"나를 찾나?"

"……!"

순간 비글의 등줄기를 타고 소름이 쫙 올라왔다.

'어, 어느 틈에……?'

터널에서 비글이 있는 곳까지 대략 100미터 정도였다.

그리고 비글은 망원경으로 자신과 터널 사이를 샅샅이 뒤지고 있었다. 그런데 생각지도 못하게 등 뒤에서 한국말이 들려온 것이다.

"어, 어떻게……?"

"호오? 한국말을 할 줄 아는군. 발음이 좀 어눌하지만."

현성은 비글이 한국말을 하자 살짝 놀랍다는 표정을 지

었다.

"네, 네놈은 대체 누구냐?"

"글쎄……. 굳이 네놈이 알 필요가 있을까? 오히려 내가 너에게 물어야 할 말 같은데?"

현성은 여유로운 승자의 미소를 지으며 말했다. 그러자 비글은 굳은 표정으로 입을 다물었다.

"묵비권을 행사하겠다는 건가?"

현성은 피식 웃음을 흘렸다.

그 모습에 비글은 어금니를 악물었다. 코카스파니엘과 슈나우저를 처리한 소년을 자신 혼자 상대할 수 있을 리 없었다.

비글은 결연한 표정으로 품속에서 무언가를 꺼내들었다.

"잘난 척도 거기까지다. 이게 뭔 줄 아나?"

"그건……."

현성은 비글이 꺼내든 물건을 바라봤다. 작고 네모난 검은색 박스였다. 비글은 의기양양한 표정으로 히죽 웃으며 말했다.

"기폭 장치다."

"뭐라고?"

비글의 말에 현성은 놀란 표정을 지었다. 그리고 문득 한 가지 생각이 스쳐 지나갔다.

"설마 터널이 무너진 이유가……?"

"상상에 맡기지."

비글은 기분 나쁜 미소를 지으며 말했다. 그런 비글의 태도에 현성은 눈살을 찌푸렸다. 그들이 터널을 무너뜨렸다고 시인한 것과 같았기 때문이다.

"대체 무슨 목적으로……."

"지금 중요한 건 그게 아닐 텐데? 내 손에 들려 있는 이게 보이지 않나?"

비글은 의기양양한 표정을 지었다. 그리고 현성을 바라보며 재차 말했다.

"이건 터널 입구에 설치한 폭탄과 슈나우저가 가지고 있는 폭탄을 전부 기폭시킬 수 있는 장치지."

만약 폭탄을 전부 터뜨리게 되면 최소한 터널 입구는 완전히 무너지게 될 것이다. 당연히 생존자들의 생명도 보장할 수 없었다.

하지만 사실 그 상황을 비글은 원하지 않았다.

타깃을 확실하게 처리했는지, 아니면 처리하지 못했는지 전부 운에 맡겨야 했기 때문이다.

'임무 성공은 절대적이어야 한다!'

그 신념에 따라 코카스파니엘과 슈나우저를 터널 내부로 투입했건만, 눈앞에 있는 소년 덕분에 임무를 실패하고 말았다.

거기다 자신마저 소년에게 붙잡힐 상황에 처해 있었다.

남은 건, 이판사판으로 전부 폭파시키는 방법밖에 없다고 비글은 생각했다.

   "터널 내부에 있는 사람들을 전부 죽일 셈이냐?"

   "그건 너 하기 나름이지."

   비글은 기분 나쁜 미소를 지었다. 그러자 현성은 날카로운 눈으로 비글을 노려보며 말했다.

   "네놈의 동료가 아직 남아 있는데도?"

   "내 알 바가 아니다. 임무를 성공해서 돈만 받을 수 있다면 동료가 어떻게 되든 상관없으니까."

   비글이 속한 데이브레이커는 돈으로 이루어진 실적 위주의 용병 집단이었다. 전우애 같은 건 애초부터 존재하지 않았다.

   "쓰레기 같은 놈이로군."

   비글의 대답에 현성은 눈살을 찌푸리며 말했다.

   그러자 비글은 비웃음을 터뜨렸다.

   "크큭! 어이 꼬마. 네가 전쟁을 경험해 보지 않아서 그런 소리가 나오는 거다. 전장에서 살아남으려면 온갖 수단을 동원해야 하지. 타인을 걱정하는 것보다 이용해 먹는 편이 훨씬 나아."

   그 말에 현성은 얼어붙을 것 같은 차가운 미소를 지었다.

   "어리석은. 결국 네놈의 말은 자기합리화를 시키기 위한 약자의 더러운 변명에 불과하다."

비록 전장은 다르지만 전쟁 경험은 현성 쪽이 많았다. 이드레시안 차원계에서 지낸 60년이라는 세월 중 약 절반을 전쟁을 하면서 보냈으니 말이다.

그 사실을 알 리 없는 비글은 얼굴을 찌푸리며 말했다.

"이 건방진 꼬마 놈이 입만 살아서는……!"

"흥. 인질을 잡아서 날 협박하는 주제에 잘도 그런 말이 나오는군."

현성은 코웃음을 쳤다.

비글과의 거리는 대략 3미터 정도로 방심을 이끌어내지 않는 이상 폭탄을 기폭시키는 쪽이 더 빠르다.

그래서 현성은 한번 찔러보기로 생각했다.

"러시아에서 너희들을 보낸 건가?"

"……!"

순간 비글의 표정이 미묘하지만 살짝 변했다.

그리고 그것만으로도 충분했다.

"과연, 그렇군. 부산에서 있었던 총기 사건은 역시 양동이었어."

현성은 싸늘한 눈으로 비글을 노려봤다.

용병 세 명의 목적은 신유라의 암살.

그리고 그 의뢰를 맡긴 것은 다름 아닌 러시아 정부이거나 혹은 마법 협회 러시아 지부라는 소리였다.

"대체 무슨 이유로 그녀를 노린 거지?"

"흥. 모른다. 우리는 단지 의뢰받은 대로 임무를 완수할 뿐. 돈만 주면 무슨 일이든 다 한다. 우리들은 용병이니까."

비글은 비웃음을 흘리며 말했다.

그 말대로 자신들은 돈으로 움직이는 집단이었다.

정보도 필요한 만큼 제공받는다. 그 이상도 그 이하도 아니었다.

"하지만 네놈 같은 괴물이 경호로 있었을 줄이야. 빌어먹을 클라이언트 같으니."

비글은 자신에게 의뢰를 맡기던 인물을 떠올리고는 욕지거리를 내뱉었다.

만약 현성 같은 실력자가 붙어 있었다는 사실을 알았다면 의뢰를 맡지 않았을 것이다.

"뭐, 좋아. 네놈에게서 알아낼 정보는 이 이상 없을 것 같군."

비글은 단지 명령에 충실한 말에 지나지 않았다.

그리고 의뢰자가 누구인지 이미 대충 감이 왔다.

당초 예상대로 러시아 정부이거나 아니면 마법 협회 러시아 지부일 것이다.

혹은 그 둘 다일지도.

현성은 피식 웃음을 흘리며 비글을 바라봤다.

"내가 예언을 하나 할까? 네놈은 곧 천벌을 받을 것이다."

"흥. 웃기는 놈이로군. 지금 칼자루를 쥐고 있는 것은 바로 나다. 그리고 저들이 죽는 이유는 네놈의 바로 그 건방진 성격 때문이라는 걸 똑똑히 알아……."

"이미 늦었어."

현성은 중간에 비글의 말을 가로챘다.

그러자 비글이 붉어진 얼굴로 현성을 무섭게 노려본 순간!

쿠르르릉, 콰쾅!

난데없이 마른하늘에서 날벼락이 떨어져 내렸다.

'4클래스 전격계 마법 썬더볼트.'

비글과 대화를 나누며 현성이 시전한 상황 역전의 마법이었다. 불시에 썬더 볼트를 맞은 비글은 기폭 장치를 작동시키기는커녕 선채로 정신을 잃었다.

그나마 현성이 손속에 사정을 두었기 때문에 죽지는 않았다.

다만 심한 중상을 입었을 뿐.

그리고 기폭 장치는 강한 전기적 흐름에 내부 회로가 타버렸다. 이제 두 번 다시 작동될 일은 없을 것이다.

현성은 썬더 볼트를 맞고 시커멓게 타버린 비글에게서 몸을 돌리며 말했다.

"뭐, 들릴 리는 없겠지만 한 가지 가르쳐주도록 하지. 전장에서 살아남으려면 강하기만 하면 된다. 단지 그것뿐인 이야기다."

현성의 말이 끝남과 동시에 비글의 몸은 힘없이 무너져 내렸다.

*　　　*　　　*

비글을 처리한 현성은 터널에 돌아가지 않았다.

상대는 완전 무장을 한 용병들.

일개 고등학생이 해외 용병 세 명을 맨손으로 제압한 것이다. 길게 생각할 필요도 없이 여러모로 복잡해지고 골치 아파질 거라는 사실을 유추할 수 있었다.

그렇게 될 바에 지금 이 자리에서 조용히 사라지는 편이 나을지도 몰랐다.

"이후의 일은 국정원이나 한국 지부에 떠넘기면 알아서 해 주겠지."

현성은 사악한 미소를 지어 보였다.

요즘 들어 어째 귀찮은 일은 전부 한국 지부 쪽으로 떠넘기는 느낌이 들긴 했지만, 지금까지 현성이 해준 일을 생각하면 충분히 그렇게 해도 상관없지 않은가?

"하지만 러시아에서 이렇게 나올 줄이야."

현성은 살며시 눈살을 찌푸렸다.

아무래도 러시아에서는 일본 지부에서 있었던 일들의 사후처리가 마음에 들지 않은 모양이었다.

그러니 이런 식으로 계속 한국에 도발을 해오는 게 아닌가?

"그런데 왜 러시아에서 신유라를 노린 걸까?"

현성이 이해할 수 없는 부분은 바로 그 점이었다.

대체 그녀의 정체가 무엇이기에 러시아에서 용병 세 명을 보내 암살을 하려고 한 것일까?

거기다 수단과 방법도 과격하기 짝이 없었다.

터널 하나를 통째로 무너뜨리며 수많은 사람들을 휘말려 들게까지 하며 처리하려고 했으니 말이다.

이 정도 수준이면 암살이 아니라 테러에 가까웠다.

"인천에 올라가면 한번 알아봐야겠군."

현성은 그녀의 생명을 위협하던 해외 용병 세 명을 쓰러뜨렸다. 그리고 주변을 확인한 결과 더 이상 그녀를 노리는 자들은 보이지 않았다.

나머진 그녀를 보호하고 있는 경호원들에게 맡겨도 될 터.

남은 건, 인천으로 돌아가는 것뿐.

"텔레포트."

그 자리에서 바로 인천에 돌아가기로 마음먹은 현성은 장거리 공간이동 마법을 시전했다.


\*　　　\*　　　\*


'없어…….'

10대 후반으로 보이는 소년이 터널을 나가고 난지 얼마나 시간이 지났을까.

지금 터널 주변은 소란스러웠다.

119 구조대원들과 경찰들이 출동해 터널 주변을 조사하거나 부상자들을 치료하고 있었으며, 이곳저곳에서 터널을 뚫기 위해 가지고온 중장비들이 돌아가는 소리 때문이었다.

그리고 언론에서 취재를 나온 기자들의 모습이 하나둘씩 보이고 있었다.

그 속에서 유라는 현성을 찾기 위해 분주히 움직이고 있었지만, 아무리 찾아봐도 그의 모습은 보이지 않았다.

"가버린 건가……."

터널 안에서 위기에 처해 있는 사람들을 목숨을 걸고 도와주었던 소년.

유라는 자신을 구해준 그를 한 번 더 보고 싶었다.

"반드시 그를 찾겠어."

이렇게 아무 말도 없이 사라지다니!

아름답게 빛나는 유라의 눈동자 속에서 화륵 불이 타올랐다.

\*　　　\*　　　\*

그날 저녁.

뉴스에서는 지진으로 인한 터널 사고를 특집으로 보도했다.

기적적으로 생환한 생존자들과, 그들이 이야기 하는 어느한 소년의 용감한 행동에 대해 극찬하는 내용이었다.

하지만 아무도 그 소년이 누구인지 모르고 있었으며, 그 어디에도 용병들에 대한 이야기는 나오지 않았다.

그리고 부산에서 총기 사건으로 세상이 떠들썩하고, 터널에서 일어난 붕괴 사고로 마법 협회 한국 지부와 국정원은 정신이 없었다.

그 때문에 어느 누구도 제 몸보다 더 큰 가방을 등에 메고 러시아에서 인천국제공항으로 입국한 한명의 소녀에 대해 신경을 쓰지 못했다.

허리까지 내려오는 긴 은색 머리카락과 호수처럼 빛나는 푸른 눈동자를 가진 10대 초반의 귀여운 소녀.

프로젝트 페리 칠드런의 결과물.

러시아가 자랑하는 최강의 생체 전투병기.

부산 총기 사건과 터널 폭파 사건에서 시작된 러시아의 음모는 이제부터가 시작이었다.

제 12 장
디멘션 게이트

이라크 사막 지하 동굴 안.

뜨거운 태양이 작열하는 사막 한가운데의 지하 300미터 아래에 있는 동굴 안은 그나마 서늘한 편이었다.

그리고 지금 그곳에서 분주하게 움직이는 사람들이 있었다.

"제임스 교수님. 정말 이런 곳에 우리들이 찾는 물건이 있을까요?"

지하 동굴 안에서 땀을 뻘뻘 흘리며 주변을 살피던 20대 후반으로 보이는 청년이 입을 열었다.

"틀림없어. 바로 여기야. 자네도 이 장소라고 해독하지 않았나. 보이니치 필사본에 기록되어 있는 장소는 바로 이곳이야."

제임스 교수라고 불린 40대 후반의 사내가 살짝 흥분된 목소리로 대답했다.

그들은 전부 미국인으로, 20대 후반의 청년과 제임스 교수 외에도 지하 동굴에는 총 열 명의 인원들이 움직이고 있었다.

그들은 어두컴컴한 지하에 전등을 달고 탐사 장치 같은 것들로 동굴을 조사 중이었다.

"대체 이곳에 무엇이 있는 걸까요?"

"모르지. 하지만 인류의 문명을 뛰어넘는 무언가임에는 틀림이 없어."

제임스 교수는 즐거운 표정이었다.

지난 수십 년간 미국에서는 오래전에 발견한 문서 하나를 연구해왔다.

보이니치 필사본.

세계 3대 암호문 중 하나로 유명한 문서다.

약 600년 전에 쓰인 것으로 추정하고 있으며, 1912년에 입수한 폴란드계 미국인 윌프레드 M. 보이니치의 이름에서 유래한다.

송아지 피지에 적혀진 약 200여 페이지의 문서는 적어도 500년 전에 이미 누군가에 의해 쓰여진 필사본이었으며, 우주 성운 그림, 여인들이 그려진 점성학 궁도, 그리고 식물도

감과 같은 여러 그림들이 그려져 있었다.

또한, 보이니치 필사본에 적혀진 문자들은 굉장히 어려운 언어였다.

그동안 수많은 언어학자들과 암호전문가들이 보이니치 필사본을 해독하기 위해 달라붙었지만 다 떨어져 나갔다.

단지 알아낸 사실은 보이니치 필사본에 사용된 문자가 현재의 인류가 사용하는 언어보다 훨씬 더 발달되어 있는 3차원 언어라는 사실이었다.

즉, 하나의 문장에 여러 차원의 문장들이 이루어져 다양한 뜻으로 해석이 가능하다는 것이다.

그뿐만이 아니라 보이니치 필사본에 그려져 있는 밀키웨이 성운의 모습이 현대에 천체 망원경으로 확인된 모습과 거의 동일하다는 사실이 판명 났다.

그 때문에 보이니치 필사본은 미스터리한 책으로 세상에 알려지게 되었다.

그리고 그 보이니치 필사본을 미국에서 필사적으로 연구한 결과, 이라크에 있는 사막 지하 동굴에 무언가가 숨겨져 있다는 사실을 알아낸 것이다.

"제, 제임스 교수님!"

그때 저 멀리서 제임스 교수를 부르는 여성의 비명 같은 소리가 들려왔다.

"무, 무슨 일인가!"

덩달아 놀란 제임스 교수의 목소리가 지하 동굴을 울렸다.

그리고 조사대들은 전원 제임스 교수를 부른 여성 목소리가 들린 곳으로 뛰어갔다.

그들이 도착한 곳은 거대한 공동이었다.

"Oh, My God……."

제임스 교수는 머리에 쓰고 있던 중절모를 벗어 들고 놀란 표정으로 손을 꽉 쥐었다.

"세, 세상에……."

공동 바닥에 묻혀 있는 거대한 물체.

직경이 약 15미터 정도 되며 원형을 이루고 있다.

그리고 조사대 중 한 명이 물체를 조사하기 위해 흙을 치워 놓은 부분이 있어, 그곳을 통해 거대한 물체의 일부분이 모습을 드러내놓고 있었다.

"교, 교수님. 이건 대체 뭐죠?"

"나한테 물어볼 필요도 없이 다들 알고 있지 않나. 우리가 무엇을 찾으러 왔는지 말이야."

"서, 설마 정말로 저게……?"

"그래. 자네 생각대로라네."

제임스 교수의 말에 조사대들은 믿기지 않는 눈으로 거대한 원형 물체를 바라봤다.

저 물체를 찾기 위해 미국은 성간 그림 파트가 모여 있는 보이니치 필사본을 연구했다.

그리고 그 성간 그림 중에서 지구로 보이는 행성 한 곳에 무언가가 숨겨져 있다는 사실을 알아냈다.

그것을 조사하기 위해 제임스 교수를 중심으로 50명이나 되는 팀이 만들어졌다.

즉, 아직 지상에서 지하로 내려오지 않은 인원이 40명이나 남아 있다는 소리이며, 지금 그들은 지하 동굴을 조사하기 위해 내려온 선발대라고 할 수 있었다.

그런데 그 선발대가 찾고 있던 물건을 발견한 것이다!

타타타타탕!

"……!"

순간 위에서 총성이 아련하게 울려 퍼졌다.

"뭐, 뭐지?"

조사대는 당황한 듯 주변을 살펴봤다.

그 와중에도 총성은 멈추지 않았다.

"대체 무슨 일이……?"

그들은 어리둥절한 표정을 지었다.

오랜 기간 자신들이 찾고 싶어 하던 물건을 찾았다.

그것을 남겨두고 움직일 수 없었다.

거기다 아직 무슨 일이 생겼는지 알 수 없는 상황.

그들은 불안한 표정을 짓고 있었지만, 세기의 발견을 놓칠 수 없다는 생각에 도망가지 않고 자리를 지켰다.

그리고 잠시 후…….

그들이 있는 지하 공동에 AK—47 소총으로 무장하고 얼굴에 복면을 두른 이라크인들이 대거 등장했다.

"이, 이라크인들이 어째서?"

그들을 본 제임스 교수는 암담해지는 기분이었다.

이곳은 인적이 없는 사막의 지하 동굴.

그런데 어째서 이런 곳에 이라크인들이 있는 것일까?

퍽!

이라크인들은 제임스 교수를 비롯한 미국인들의 손을 들게 하고 바닥에 무릎을 꿇렸다.

'어, 어떻게 해야 하…….'

탕!

"……!"

제임스 교수가 앞으로 어떻게 할지 머리를 굴리기도 전에 바로 옆에서 총성이 울렸다.

깜짝 놀란 제임스 교수는 이마에 피를 흘리며 쓰러져 있는 20대 후반의 청년을 볼 수 있었다.

"스, 스티븐!"

제임스 교수는 놀란 얼굴로 청년의 이름을 불렀다.

그러자 이라크인들이 자기들끼리 알아듣지 못할 이라크어로 소리치며 제임스 교수의 어깨를 거칠게 눌렀다.

탕! 탕!

그리고 여기저기서 총소리들이 들려왔다.

총소리가 들릴 때마다 단말마의 비명과 함께 미국인들이 쓰러져 갔다.

"아, 안……."

그 장면을 본 제임스 교수는 입을 열며 소리치려고 했다.

탕!

털썩.

하지만 소리를 채 다 외치기도 전에 제임스 교수는 힘없이 고개를 떨어뜨렸다.

땅바닥에 얼굴을 붙이고 쓰러진 제임스 교수는 원통하다는 표정으로 눈을 부릅뜨고 있었다.

그런 그의 미간 사이로 한줄기 붉은 피가 흘렀다.

그리고 그런 그의 눈에 이리저리 바쁘게 오고가는 이라크인들의 모습들이 비치다가 이내 사라졌다.

제임스 교수의 눈이 감긴 것이다.

그렇게 보이니치 필사본에 표시되어 있는 물체를 찾으러 비밀리에 이라크에 들어온 미국 조사단은 정체를 알 수 없는 이라크인 무리들에 의해 전멸했다.


그로부터 약 1년 후.

미국은 이라크를 3대 악의 축이라 규정짓고, 대량살상무기를 제거한다는 명목으로 무력침공을 개시했다.

현재로부터 약 10여 년 전에 있었던 일이었다.

　　　　*　　　*　　　*

　현재.

　이라크와 시리아의 국경이 마주 보고 있는 사막.

　그곳의 지하에는 비밀 연구소가 존재한다.

　이라크와 시리아가 공동으로 후원하는 연구소로 미국의 눈을 피해 온갖 불법적인 일들이 일어나고 곳이기도 했다.

　그리고 연구소 내에 존재하는 지하 감옥.

　위생 상태가 썩 좋다고 할 수 없는 그곳에 등까지 내려오는 풍성한 갈색 머리카락과 갈색 눈동자, 그리고 무테안경에 하얀 가운을 걸치고 있는 20대 후반으로 보이는 미녀가 감금되어 있었다.

　"언제까지 나를 이런 곳에 가둘 셈이지."

　그녀는 초조한 표정으로 감옥 내부를 걸어 다녔다.

　그녀의 이름은 나타샤 스베틀라나 스미르노바.

　이름에서 알 수 있다시피 러시아인이다.

　"구출은 대체 언제 오는 거야?"

　나타샤는 짜증 섞인 표정으로 중얼거렸다.

　지금 그녀는 비밀 연구소에서 중요 기밀을 미국에 빼돌린 혐의로 감금당해 있었다.

　본래대로라면 이미 살해당했어도 이상하지 않았다.

하지만 그녀가 여전히 살아 있는 이유는 한 가지.

그녀가 아니면 연구를 할 수 없었다.

비밀 연구소에서 연구하고 있는 물체를 조사하려면 그녀가 필요했던 것이다.

나타샤는 과학자들 중에서 그리 나이가 많지 않은 20대 후반이었지만 천재였다.

그 때문에 러시아에서 기대를 한 몸에 받았다.

이라크와 시리아의 국경에 위치해 있는 비밀 연구소에 배속을 추천 받을 만큼 말이다.

하지만 그런 기대를 나타샤는 배신했다.

러시아인인 그녀는 미국에 비밀 연구소에 대한 정보를 빼돌렸으니까.

"그런 미친 짓, 난 절대 찬동 못해."

나타샤는 불현듯 생각에 진저리를 쳤다.

비밀 연구소에서 연구하고 있는 것 때문에 그녀는 러시아를 배반하고 미국에 도움을 요청했다.

나름 비밀리에 연락을 했다고 생각했지만, 러시아 정보부는 호락호락하지 않았다.

그녀의 배반을 빠르게 알아챈 것이다.

그 결과 그녀는 벌써 일주일째 지하 감옥에 감금되어 있었다.

털썩.

"……!"

순간 나타샤는 놀란 표정을 지었다.

감옥 밖에서 누군가가 쓰러지는 소리가 들렸던 것이다.

지하 감옥에는 그녀를 지키는 이라크인 병사가 한 명 있었다.

그녀는 이라크인 병사가 아닌 다른 누군가가 자신을 찾으러 와준 것이 아닐까, 작은 기대감을 가지고 입을 열었다.

"밖에 누구 있어요?"

"나타샤 스베틀라나 스미르노바 박사입니까?"

"예. 맞아요!"

밖에서 들려오는 청년의 영어 소리에 나타샤의 얼굴이 환해졌다.

"잠시 물러서 계십시오."

"예!"

나타샤는 청년의 말에 감옥 문에서 물러섰다.

펑! 덜컹.

무언가 작게 폭발하는 소리가 들리더니, 평생 열릴 것 같지 않던 육중한 철문이 열렸다.

그리고 30대 초반으로 보이는 청년이 모습을 드러냈다.

"나타샤 스베틀라나 스미르노바 박사님?"

"네!"

청년의 말에 나타샤는 기쁜 표정으로 대답하며 그에게 다가갔다.

철컥!

"......!"

나타샤는 그대로 굳어버리고 말았다.

자신을 구하러 와준 청년이 머리에다 소음기가 달린 토가레프 TT—33 반자동 권총을 겨누고 있었던 것이다.

나타샤는 어색한 미소를 지으며 힘겹게 입술을 움직였다.

"이, 이건 무슨 장난이신 건가요?"

"죄송하지만 죽어주셔야겠습니다."

청년은 한차례 피식 웃은 뒤 트리거를 조금씩 당기기 시작했다.

이대로라면 토가레프의 흉탄이 나타샤의 머리를 관통하고 지나가리라.

나타샤 또한 죽음을 직감했는지 두 눈을 꽉 감았다.

일촉즉발의 상황!

"거기까지."

"누구냐!"

등 뒤에서 아무런 기척도 없이 갑작스럽게 목소리가 들려오자 청년은 놀란 표정으로 고개를 돌렸다.

그러자 그곳에 목까지 내려오는 금색 머리카락에 하얀색 양복을 입고 있는 미청년이 웃고 있었다.

파직! 파직!

그리고 미청년의 손에는 샛노란 전격이 뛰어놀고 있었
다.

"라이트닝 임팩트(Lightning Impact)."

미청년은 노란색 전격을 휘감은 손으로 나타샤를 암살하
려고 한 자에게 주먹을 꽂았다.

번쩍! 파지지지직!

"크아아아악!"

청년, 아니 나타샤를 처리하려고 했던 암살범은 비명을 지
르며 나가떨어졌다.

부들부들!

바닥에 쓰러진 암살범은 전신경련을 일으키며 정신을 차
리지 못했다.

"이, 이건 마법? 당신 마법사인가요?"

나타샤는 놀란 눈으로 금발 미청년을 바라봤다.

그녀 또한 전 세계에서 암암리에 암약한다는 마법사들의
존재에 알고 있었다.

하지만 직접 이렇게 눈으로 보는 건 처음이었다.

그리고 그녀는 모를 것이다.

지금 미청년이 사용한 마법은 라이트닝 임팩트.

그 마법은 4클래스에 속하며, 현대에서 이렇게 캐스팅 없
이 바로 마법을 시전할 수 있는 마법사는 거의 없다.

고위 서클의 마스터가 아니라면 말이다.

"이제 곧 있으면 당신을 구하러 미국에서 보낸 특수부대가 도착할 것입니다. 그들이 올 때까지 이곳에서 기다리세요."

금발의 미청년은 나타샤의 질문에 답하지 않고 그녀에게 전달해야 될 말을 빠르게 말했다.

"그리고 이곳에서 탈출하게 된다면 한국으로 가십시오. 그곳에서 김현성이라는 자에게 경호를 요청하세요."

"자, 잠시만요! 지금 대체 무슨 말을……."

"아시겠습니까? 김현성입니다. 그에게 제 이름을 말하면 알 겁니다."

"당신 이름이 뭔데요?"

"크라우스. 크라우스 폰 발렌시아입니다."

금발의 미청년은 화사한 미소와 함께 대답했다.

그리고 이내 거짓말처럼 미청년의 모습이 사라졌다.

말 그대로 지하 감옥에서 흔적도 없이 사라진 것이다.

"그 사람은 대체……."

바람처럼 나타나서 자신을 구하고 사라진 금발의 미청년을 떠올리며 나타샤는 의문이 가득한 표정을 지었다.

그런 그녀의 얼굴은 어째서인지 살짝 붉어져 있었다.

그리고 잠시 후, 미청년의 말대로 미국에서 파견한 특수부대가 나타샤를 구출하기 위해 나타났다.

마리사 대령이 이끄는 미군 기계화부대.

그들은 나타샤를 구하고 비밀 연구소에서 탈출했다.

*　　　　*　　　　*

늦은 저녁 시간.

지금 현성은 학교를 마치고 집으로 돌아가는 중이었다.

그리고 현성이 부산에서 인천으로 돌아온 지도 이틀이 지나 있었다.

그동안 현성은 인천 역사 유물 박물관을 통해서 이것저것 조사를 했다.

하지만 알아낸 사실은 거의 없었다.

우선 부산에서 발생한 총기 사건.

그 사건을 주도한 브로커는 여전히 꿈나라 여행 중이었다.

그리고 분명 그 배후임에 틀림이 없는 러시아는 침묵을 지키고 있었다.

러시아는 브로커에 대해서도, 그리고 부산의 조직원들을 도륙한 키메라에 대해서도 아무런 응답이 없었다.

부산에서 일어난 일에 대해 러시아는 모르쇠로 일관하고 있었던 것이다.

또한, 터널을 폭파시키고 신유라를 제거하려고 했던 세 명의 용병들을 심문했다.

하지만 결과는 현성의 예상대로 그들은 알고 있는 것들이 없었다.

그저 클라이언트인 러시아의 정보부로부터 돈을 받고 신유라를 암살하려고 했던 것이다.

당연히 이와 같은 사실도 러시아에서는 묵묵부답으로 일관했다.

"하지만 설마 신유라, 그녀가 마법 협회가 연관이 있었을 줄이야."

러시아에서 왜 해외 용병들을 고용해 신유라를 암살하려고 했는지는 알아낼 수 있었다.

그녀는 국내 최대 기업인 신성그룹 회장의 손녀였다.

그리고 신성그룹은 마법 협회 한국 지부, 즉 인천 역사 유물 박물관을 후원하는 스폰서 기업이었다.

한국 지부는 칼튼 재단으로부터도 후원을 받고 있지만, 국내 기업을 통해서도 후원을 받고 있었다.

그 때문에 마법 협회 러시아 지부는 이런 사실을 알고 신유라를 암살하려 했던 것이다.

인천 역사 유물 박물관을 지원하고 있는 신성그룹에게 경고를 하기 위해서.

그리고 미국과 손을 잡은 마법 협회 한국 지부에도 경고를 하기 위해서 말이다.

그렇게 한국 지부의 정보부는 결론을 내렸다.

이후 한국 지부와 국정원은 러시아를 예의주시하고 있는

중이었다.

"쯧. 지금 이렇게 세계가 서로 견제를 하고 있을 때가 아닌
데……."

현성은 혀를 찼다.

현재 인류는 팬텀이라는 미증유의 위협을 받고 있었다.

그들에게 대항하려면 전 세계의 마법 협회 지부들과 국가
들이 협력을 해도 모자를 판이었다.

그런 상황에서 이처럼 견제를 하고 있는 꼴이라니.

현성은 한숨을 내쉬었다.

"다 왔군."

어느덧 현성은 집에 도착했다.

그때 현성은 돌아온 현성은 대문에 붙어 있는 편지함에
서 반쯤 모습을 드러내고 있는 편지 한통을 발견할 수 있었
다.

"뭐지?"

아무 생각 없이 뽑아든 편지는 여성스러움이 잔뜩 묻어나
왔다. 색상은 분홍색으로 깔끔한 디자인이었으며, 무엇보다
중앙에 붙어 있는 붉은색 하트 스티커가 포인트였다.

"대체 누가 이런 걸……?"

현성은 고개를 갸웃거리며 편지를 보낸 사람이 누군지 확
인했다.

"허……."

현성은 편지 봉투에 적힌 송신인의 이름을 재차 확인했다. 생각지도 못했던 이름이 적혀 있었던 것이다.

"신유라라… 터널에서 만난 그 소녀로군."

현성은 터널에서 만난 소녀를 떠올렸다.

아름다운 백금발 머리카락을 허리까지 길게 기르고 흑요석처럼 까만 눈을 가진 혼혈 미소녀였다.

그녀의 미모는 서유나에 견줄 만했다.

아무리 예쁘다고 소문난 연예인이라고 해도 그녀 앞에서는 한 수 접어줄 수밖에 없을 것이다.

"용케 우리 집을 알아냈군."

현성은 살짝 쓴웃음을 지었다.

그녀와 만난 지 아직 이틀밖에 지나지 않았다.

그런데도 벌써 자신의 집을 알아낼 줄이야.

"신성그룹 회장의 손녀이니 그럴 만도 한가?"

신성그룹은 마법 협회 한국 지부가 위장하고 있는 인천 역사 유물 박물관을 지원하고 있는 스폰서 기업.

그녀가 박물관의 정보력을 이용했다고 생각해도 이상하지 않았다.

"그런데 나한테 무슨 볼일이지?"

현성은 자신의 손에 들린 분홍색 편지 봉투를 바라봤다.

밖에서 복잡하게 생각하고 있는 것보다 직접 편지를 확인하는 편이 나을 터.

그렇게 생각한 현성은 편지를 들고 집 안으로 들어갔다.


부엌에서 요리를 하고 있는 현아에게 인사를 한 후, 현성은 단숨에 자신의 방으로 들어왔다.

그리고 문제의 편지를 확인하기 시작했다.

"흠……."

편지를 쭉 읽어 내려가던 현성은 신음성을 내뱉었다.

편지는 수려한 필체로 정성스럽게 쓰여 있었으며, 내용은 매우 심플했다.

자신을 구해준 은혜를 갚고 싶다면서 이제 곧 맞이할 생일 파티에 현성을 초대 하고 싶다는 내용이었다.

편지 봉투 안에는 초청장이 함께 들어 있었다.

"생일 파티 초대라……."

고위층 자제의 생일 파티.

일반 서민 집안인 현성의 입장에서 본다면 그야말로 아무 연관이 없는 일이었다.

물론 이드레시안 차원계에서라면 당연한 생활 속 일상이 었지만 말이다.

하지만 이곳은 현대.

이드레시안 차원계와 똑같이 생각할 수 없었다.

"어처구니없는 짓을 저질러 주는군, 신유라라는 아가씨 는."

편지 내용을 대충 확인한 현성은 혀를 찼다.

고위층 생활이라면 현성도 이드레시안 차원계에서 해왔다.

때문에 그곳이 어떤 곳인지 어느 정도 알 수 있었다.

물론 이드레시안 차원계와 현대는 차이가 있겠지만 그리 크지 않을 거라고 현성은 생각했다.

"내가 가봤자 좋은 일은 하나도 없을 테지."

유감스럽지만 현성은 돈 없는 일반 서민 집안의 아들이었으며, 나이도 아직 스무 살도 안 되는 풋내기였다.

그에 반해 생일 파티에 오는 인물들은 대부분 이름이 쟁쟁한 정치가나 누구나가 다 알고 있는 기업의 사장 등을 비롯한 재벌 2세들이 수두룩하게 올 것이다.

하다못해 현성이 마법 협회 한국 지부의 마법사라는 사실을 밝힌다면 또 모른다.

하지만 그런 사실을 밝힐 수 없으니, 그런 엘리트 집단의 인물들이 현성을 보면 과연 무슨 생각을 하겠는가?

그들이 사는 세계에 현재의 현성이 발붙일 곳은 없다고 봐야 했다.

지금의 현성은 뒷세계의 인간에 가까우니 말이다.

"이 편지는 못 본 걸로… 응?"

그때 신유라의 초청을 그냥 넘기기로 마음먹은 현성의 눈에 추신이 보였다.

―만약 오시지 않는다면 당일 날 제가 직접 모시러 가겠습니다. 파티에 참석을 못하는 일이 있더라도 말이지요. 아, 그리고 현성님이 숨기고 있는 중요한 비밀을 이야기 할지도 모르고, 현성님이 다니시는 학교에 전학 갈지도 몰라요.

"허……."

마지막 추신란을 확인한 현성은 살짝 놀란 표정을 지었다.

정재계의 유명한 인물들이 모여 있는 장소에서 파티의 주인공이 자신을 데리러 오기 위해 빠져나온단다.

거기다 상대는 대기업 회장의 딸이다.

분명 초호화 리무진을 타고 올 것이 뻔했다.

그뿐만이 아니다.

자신이 숨기고 있는 비밀이라니?

'설마 마법에 관한 걸 이야기하겠다는 건 아니겠지?'

"난처하게 됐군."

현성은 한숨을 내쉬며 고개를 절레절레 흔들었다.

추신란의 마지막에 농담처럼 쓰여 있는 글귀가 심상치 않아 보였다.

조용히 사라진 자신의 소재지를 직접 찾아낸 신유라라면 정말 전학을 올 것 같은 기세가 느껴졌던 것이다.

'아무리 그렇다고 해도 마법에 관한 건 이야기하지 않겠지.'

현성은 추신란에 적힌 글귀는 신유라의 귀여운 협박이라

고 생각했다.

그리고 편지 어디에도 마법에 관한 걸 말하겠다는 글은 없었다.

"아무튼 골치 아프게 됐군. 별 수 없이 가야 되나?"

현성은 고개를 흔들며 날짜와 장소를 확인했다.

파티 날짜는 아직 여유가 있었다.

또한, 다행스럽게도 시간이 널널한 공휴일이었으며 장소는 집에서 좀 떨어져 있는 서울 시내의 큰 호텔이었다.

그렇게 현성이 편지 내용을 확인하고 있을 때, 갑자기 쿵쾅쿵쾅 거리는 소리가 들려오더니 방문이 벌컥 열렸다.

"오빠!"

갑작스러운 소란의 주인공은 현아였다.

"남자 방에 들어오기 전에 노크 정도는 하는 게 예의 아니냐?"

현성은 다짜고짜 자신의 방에 들어온 현아에게 핀잔을 주었다.

그러면서 자연스러운 동작으로 책상 서랍에 분홍색 편지를 집어넣었다. 그리고 몸을 돌리며 현아를 바라봤다.

현아는 다급한 표정을 짓고 있었다.

"지금 그게 문제가 아니야!"

"그럼 뭐가 문젠데?"

"간장이 떨어졌어……."

순간 현아의 표정이 침울해졌다. 그 뒤를 이어 현성은 허탈한 표정을 지었다.

"겨우 간장이 없는 걸로 이 소란이냐?"

"겨우라니! 간장이 없으면 오늘 저녁 반찬을 못 만든다고!"

"그럼 간장 대신에 소금을 뿌리면 되지."

"요리를 얕보지 마!"

현성의 말에 현아는 버럭 소리를 질렀다.

그리고 현성을 바라보며 말했다.

"그런고로 간장 좀 사다줘."

"지금 이 시간에?"

"응."

현아는 단호한 표정으로 고개를 끄덕였다.

그러자 현성은 현아의 시선을 피하며 조용한 목소리로 중얼거렸다.

"아, 지금 허리가 좀 안 좋은데……."

"그럼 오늘 저녁은 굶는 수밖에. 오랜만에 양념 갈비를 해주려고 했더니……."

"무슨 간장을 대령해 줄까? 말만 하렴, 귀여운 동생아."

현성의 말에 현아는 몰래 승리의 미소를 지었다.

\* \* \*

현아의 성화에 못이긴 현성은 결국 간장을 사러 마트로 나갔다. 현성이 방에 없는 지금 현아는 히죽 웃었다.

　'찬스!'

　현아는 눈을 빛내며 현성의 방 안을 둘러봤다.

　현아는 매의 눈으로 확실하게 보았다.

　거실을 가로지르며 지나갈 때 현성의 손에 들려 있는 분홍색 편지 봉투를.

　'그건 분명 러브레터였어.'

　현아는 현성의 손에 들린 분홍색 편지가 자꾸 신경이 쓰인 요리에 집중을 할 수 없었다.

　그래서 고육지책으로 간장이 없다는 핑계를 대며 현성을 집 밖으로 내보낸 것이다.

　하지만 싱크대의 찬장 안에는 불과 이틀 전에 사놓은 새 간장이 아직 가득 남아 있었다.

　'그보다 문제는…….'

　현아는 고개를 흔들며 결의에 찬 표정을 지었다. 지금 중요한 것은 분홍색 편지다.

　현성이 돌아오기 전에 분홍색 편지의 진의를 확인할 생각이었다.

　현아는 현성의 방에서 행동을 개시했다.

　'침대 밑, 이상 없음.'

'책장 사이, 이상 없음.'

한동안 현성의 방 안을 뒤지던 현아는 아쉬운 표정을 지었다. 분홍색 편지를 찾으면서 10대 후반 소년이라면 꼭꼭 숨기고 있을 비밀스러운 책들이 있을 줄 알았는데 아무리 찾아봐도 없었던 것이다.

"남은 건……."

현아는 현성의 책상을 바라봤다.

대충 책상 위에 있는 것들을 확인 한 후, 천천히 서랍을 하나씩 열어보기 시작했다.

"있다."

드디어 현아는 첫 번째 서랍 속에 고이 모셔져 있는 분홍색 편지 봉투를 발견할 수 있었다.

"역시 이것은……."

러브레터다. 현아는 그렇게밖에 생각할 수 없었다.

보라. 이 분홍색 편지 봉투와 중앙에 붙어 있는 하트 스티커를! 이게 러브레터가 아니라면 대체 무엇이란 말인가?

"그리고 여기에 쓰인 필체를 보면……."

현아는 조심스럽게 봉투 속에 들어 있는 편지를 꺼내 봤다. 요즘 같이 컴퓨터가 널리 보급된 현재 한글 워드로 글을 써서 프린터로 뽑아냈을 거라 생각했다.

하지만…….

"진짜 러브레터네."

편지지에는 아름답고 수려한 필체가 정성스럽게 쓰여 있었다. 현아는 탄식했다.

"이건 말도 안 돼! 오빠한테 여자 친구가 생기다니!"

뜻밖의 사실에 적지 않은 충격을 받았지만 현아는 재빠르게 편지 내용을 훑어봤다.

"생일 파티에 초대라… 장소는… 뭣! 모텔!"

현아는 눈을 부릅떴다.

물론 편지에는 모텔이 아니라 호텔로 쓰여 있었다.

하지만 지금 현아는 편지 내용을 보고 유라라는 인물이 현성의 여자 친구라고 인식했다.

처음으로 자신의 오빠에게 여자 친구가 있다는 사실을 접한 현아는 평소의 논리적인 판단을 할 수 없었다.

"새, 생일날에 모텔로 남자를 부르다니… 대, 대담하네."

편지를 들고 있는 현아의 손이 부들부들 떨렸다.

현아는 신유라라는 여자가 누군지는 모르지만 굉장히 위험한 인물이라는 생각이 들었다.

나이는 아마 대학생 정도 되는 연상.

목적은 순진한 자신의 오빠를 유혹하기 위한 것이겠지!

"거기다 오빠가 숨기고 있는 중요한 비밀이라니!"

현아는 얼굴을 붉혔다.

그리고 자신의 하나뿐인 오빠를 지켜야 한다는 사명감이 마음 속 깊은 곳에서부터 솟아올랐다.

"하여간 오빠도 참 문제야. 옆집에 살고 있는 좌 서유나 언니랑 우 최미현 언니랑 효연이까지 있는데!"

현아는 입술을 잘근잘근 깨물었다.

들리는 풍문에 의하면 일본에도 오빠의 여자가 있다고 한다.

그런데 거기에 신유라는 새로운 여자가 생기다니!

"이거 절대 가만히 있을 수 없겠는데……."

생일 초대 날짜를 확인한 현아는 분홍색 편지를 노려보며 어두운 미소를 지어 보였다.


그날 저녁.

어머니는 병원에 입원 중인 아버지를 돌보기 위해 나간 터라 현성은 현아와 함께 둘이서 저녁 식사를 했다.

'이, 이게 뭐지?'

현성은 지금 식은땀을 흘리고 있었다.

자신의 눈앞에 밥 한공기와 김치 한 조각이 놓여 있었기 때문이다.

그에 반해 현아의 밥상은 어떤가?

호화스럽기 그지없었다. 갖가지 야채 반찬부터 시작해서 하이라이트로 소고기 양념갈비까지 있었으니까.

거기다 라이코스의 식사도 호화스러웠다.

평소에는 사료를 주었는데, 오늘은 무려 소고기가 라이코스 밥그릇을 차지하고 있었던 것이다.

그뿐만이 아니라 왠지 모르게 현아는 현성을 무서운 눈으로 종종 노려봤다.

'내가 뭔가 잘못했나? 설마 간장을 잘못 사와서?'

영문을 알 수 없는 현성은 식은땀을 흘리며 고개를 갸웃거릴 수밖에 없었다.

그렇게 남매의 단란한 저녁 식사 시간은 흘러가고 있었다.

*　　　*　　　*

다음 날 오후.

서진철 관장으로부터 호출을 받은 현성은 인천 역사 유물 박물관에 갔다.

인천 역사 유물 박물관에 도착한 현성은 관장실에 가는 길목마다 한국 지부의 마법사 직원들에게 인사를 받았다.

그리고 관장실 앞에 도착한 현성은 노크를 했다.

똑똑.

"김현성입니다."

"들어오게."

현성은 문을 열고 관장실 안으로 들어갔다.

평소와 다름없는 관장실 안에 서진철 관장이 반갑게 현성을 맞아주었다.

"생각보다 빨리 왔군. 학교를 일찍 마쳤나 보지?"

"아뇨. 종례시간이 귀찮아서 바로 왔습니다."

"학교생활이 불량하군."

"관장님만 할까요."

"그놈의 입심은 죽는 법이 없군."

서진철 관장은 절레절레 고개를 흔들었다.

그 모습을 본 현성은 피식 웃음을 흘렸다.

"그런데 무슨 일로 급하게 부르셨습니까?"

"그전에 이분부터 소개하지."

서진철 관장은 처음부터 관장실 중앙에 있는 소파에 앉아 있던 인물을 바라봤다.

소파에는 외국인이 한명 앉아 있었다.

그는 현성을 보더니 유창한 한국어로 입을 열었다.

"안녕하세요. 미국 DIA(Defense Intelligence Agency:미국 국방정보국)에서 온 리처드입니다."

"DIA? 미국 국방정보국?"

리처드라고 이름을 밝힌 외국인의 말에 현성은 놀란 얼굴로 반문했다.

"예."

리처드는 씩 웃으며 고개를 끄덕였다.

그리고 호기심 어린 눈으로 현성을 바라봤다.

"당신이 미스터 김현성?"

"그렇습니다만."

"오, 원더풀!"

리처드는 자리에서 일어나더니 현성을 한번 얼싸 안았다.

"만나서 영광입니다, 미스터 히어로."

리처드는 감격에 겨운 표정이었다.

그 모습에 현성은 슬금슬금 몸을 뺀 후, 서진철 관장에게 속삭였다.

"이 사람 왜 이럽니까? 혹시 게이라거나?"

"잘 알고 있군. 다들 그렇게 게이가 되는 법이지."

"허."

서진철 관장의 조용히 속삭이는 말에 현성은 혀를 찼다.

그때 리처드가 현성을 보며 빛나는 눈으로 말했다.

"서진철 관장님에게 이야기 많이 들었습니다. 혼자서 일본 지부를 괴멸시켰다고 말이죠."

"아, 그렇군요."

현성은 리처드의 말에 서진철 관장을 지그시 노려봤다.

자신이 일본지부를 괴멸시켰다는 이야기를 리처드에게 한 것은 충분히 넘어갈 수 있었다.

한국 지부는 이미 미국과 손을 잡은 상태이고, 미국의 정보력이면 자신이 일본 지부를 괴멸시켰다는 사실을 머지않아 알아낼 수 있을 테니까.

그런데 조금 전의 게이 드립은 대체 뭐란 말인가?

"뭐, 좋은 게 좋은 거 아니겠나?"

"무슨 말인지 전혀 이해가 되지 않습니다만……."

서진철 관장의 넉살에 현성은 말꼬리를 흐리며 대답했다.

일본에서 현성이 저지른 일들의 뒤처리를 하고 난 이후 서진철 관장은 현성에게 이전보다 더 빈도 높게 농을 걸었다.

그만큼 자신을 신뢰하고 있는 것이라 싫은 건 아니었지만, 귀찮은데다가 사실 그냥 귀찮았다.

"그런데 리처드 씨가 한국에는 무슨 일로 오신 거죠?"

이대로 가다간 끝도 없는 삼천포로 빠질 것 같은 느낌에 현성은 본론으로 들어갔다.

"아, 죄송합니다. 실은 미국을 대표로 미스터 김현성에게 부탁하고 싶은 일이 있어 왔습니다."

"저에게요?"

리처드의 말에 현성은 놀란 표정을 지었다.

미국을 대표로 자신에게 부탁하고 싶은 일이라니?

벌써부터 불안감이 현성의 마음속에서 스멀스멀 기어올랐다.

"이걸 봐주십시오."

리처드는 자신이 들고 온 007 서류 가방을 관장실 중앙에 있는 테이블에 올렸다.

그리고 가방을 열고 그 안에 있는 수많은 서류더미들 속에서 한 장의 사장을 꺼내 들었다.

"이라크의 상공에서 고공 정찰 드론이 찍은 사진입니다."

현성은 리처드가 건네주는 사진을 아무 생각 없이 받아들고 바라봤다.

"이, 이건······?!"

사진을 확인한 현성은 눈을 부릅떴다.

사진에는 사막 위에서 트럭 여러 대가 무슨 물체를 옮기고 있는 중이었다.

살짝 흐릿하게 찍힌 탓에 자세히는 알 수 없었지만 직경 10미터가 넘는 원형 물체를 운반 중이라는 사실만큼은 충분히 알 수 있었다.

현성은 리처드를 뚫어져라 노려봤다.

"이 물체는 보이니치 필사본을 토대로 찾아낸 것입니다. 저희들은 이것을······."

리처드는 잠시 주저하는 표정을 지었다가 현성의 시선을 느끼고 식은땀을 살짝 흘렸다.

그리고 주머니에서 손수건을 꺼내들고 이마에 맺혀 있는 식은땀을 닦아내며 입을 열었다.

"차원 이동을 할 수 있는 디멘션 게이트라고 추정하고 있습니다."

"......"

리처드의 말에 관장실은 조용한 적막감 속으로 빠져들었
다.

『화려한 귀환』 7권에 계속…

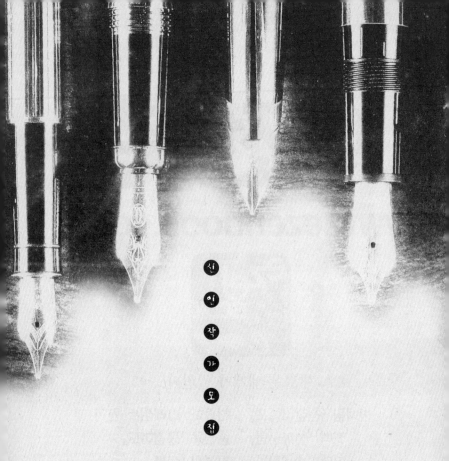

신

인

작

가

모

집

**시작이 반이라고 했습니다.**
**작가의 길에 대한 보이지 않는 벽을 과감히 깨뜨리십시오!**
**청어람은 작가 지망생 여러분들의**
**멋진 방향타가 되어드리겠습니다.**

저희 도서출판 청어람에서는
소설 신인 작가분들을 모집합니다.
판타지와 무협을 사랑하시는 분들의 많은 참여를 바랍니다.
소정의 원고(A4용지 150매)를 메일이나 우편으로 보내주시면
검토 후 출판 여부를 알려드리겠습니다.

**주소**:경기도 부천시 원미구 심곡2동 163-2 서경B/D 2F 우편번호 420-822
**TEL**:032-656-4452 · **FAX**:032-656-4453
http://**www.chungeoram.com**
**e-mail**:chungeoram@chungeoram.com

국내 최대 장르문학 사이트를 휩쓴 화제작!
여름의 더위를 깨뜨리며 차가운 북방에서 그가 온다.

# 『귀환병사』

열다섯 나이에 북방으로 끌려갔던 사내, 진무린
십오 년의 징집을 마치고 돌아오다.

하지만 그를 기다린 것은 고아가 된 두 여동생, 어머니의 편지였다.
그리고 주어진 기연, 삼륜공······.

"잃어버린 행복을 내 손으로 되찾겠다!"

**진무린의 손에 들린 창이 다시금 활개친다.
그의 삶은 뜨거운 투쟁이다!**

Book Publishing CHUNGEORAM

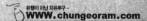

유행이 아닌 자유추구 -
WWW. chungeoram.com

# 말년병장 이등병되다!

에바트리체 장편 소설

FUSION FANTASTIC STORY

대한민국 남자라면 알고 있을 바로 그 이야기!

『말년병장, 이등병 되다!』

전역을 코앞에 둔 말년병장, 이도훈.
꼬장의 신이라 불리던 그가 갑자기 훈련병이 되었다?!

"…이런 X같은 곳이 다 있나!"

전우애 넘치는 군인들의
좌충우돌 리얼 군대 이야기!

Book Publishing CHUNGEORAM

유행이 아닌 자유추구 -
WWW.chungeoram.com

# FANATICISM HUNTER

# 광신사냥꾼

류승현 판타지 장편 소설

FANTASY FRONTIER SPIRIT

『블레이드 마스터』의 류승현 작가가 펼쳐내는
판타지의 새로운 신화!

마도대전을 승리로 이끈 유리언 대륙의 영웅,
최강의 아크 메이지 제온!

그러나 '세상의 섭리'에 아내와 아이를 빼앗기는데……

『광신사냥꾼』

만약 그것이 정말로 세상의 섭리라면,
그마저도 무너뜨리고 말리라!

복수를 위한 제온의 위대한 여정이 시작된다!

Book Publishing CHUNGEORAM

유행이 아닌 자유추구 -
WWW.chungeoram.com